真愛時光

陈安妮 著

海峡出版发行集团
THE STRAITS PUBLISHING & DISTRIBUTING GROUP
福建人民出版社
FUJIAN PEOPLE'S PUBLISHING HOUSE

图书在版编目（CIP）数据

真爱时光/陈安妮著．—福州：福建人民出版社，
2017.8
ISBN 978-7-211-07749-6

Ⅰ.①真…　Ⅱ.①陈…　Ⅲ.①散文集—中国—当代
Ⅳ.①I267

中国版本图书馆 CIP 数据核字(2017)第 208776 号

真爱时光
ZHENAI SHIGUANG

作　　者：陈安妮
责任编辑：余祥草
出版发行：海峡出版发行集团
福建人民出版社　　电　　话：0591-87533169（发行部）
网　　址：http://www.fjpph.com　　电子邮箱：fjpph7211@126.com
地　　址：福州市东水路 76 号　　邮政编码：350001
经　　销：福建新华发行（集团）有限责任公司
印　　刷：福建建本文化产业股份有限公司
地　　址：福建省福州市仓山区则徐大道 368 号仓山工业小区 2 号楼一层
开　　本：710 毫米×1000 毫米　1/16
印　　张：13
字　　数：154 千字
版　　次：2017 年 8 月第 1 版　　2017 年 8 月第 1 次印刷
书　　号：ISBN 978-7-211-07749-6
定　　价：38.00 元

我是沙仑的玫瑰花
是谷中的百合花
我的佳偶在女子中
好像百合花在荆棘内

序一

张天福／文

安妮是我相识 12 年的忘年交了。

平日，她都在香港教书，是一个辛勤的“园丁”，一年里回内地的时间并不多。但是，这么多年来，我一直都感觉她离我很“近”——通过她的文字来了解她的近况、情感与思想。可以说，我也是她最忠实的“读者”之一。

从 2006 年开始，她就坚持写博客，并常常有佳作问世。每次来家里看我的时候，都会把她的近作悉数打印出来，带给我。而且她和魏文生夫妇俩都很细心，为了方便我阅读，特意用大字打印，打了厚厚的一本。

我还清楚地记得，她为中国红茶写的第一篇博客就是《中国红茶什么时候才会红起来？》。当时，我看完文章，倍感欣慰，也非常感动：作为一个对茶零基础的“门外汉”，对中国红茶的历史与现状竟有这么深刻的认识！更令我意想不到的是：这篇文章竟成为夫妇俩有志于推广和复兴中国红茶事业的初衷！

这条路也是安妮的“心路”。

十年如一日，安妮始终笔耕不辍。她写的美文接二连三地出炉，已于 2011 年、2013 年先后结集出版了《恋恋红茶》《人间茶味》两部散文随笔集，精选了红茶心情与红茶生活的佳篇。

近些年来，当微信这一全新传播方式日渐普及，安妮也与时俱进，把文章写到了微信公众号，开设了专栏“安妮随笔”，一周一篇，分享生活的点点滴滴感动与感悟。听魏文生说，该栏目从 2014 年底首开以来至今，整整两年时间里，不知不觉已写了 100 多篇。这洋洋洒洒的文字，又将汇集成一本新书。它有个温馨的名字：真爱时光。它与《恋恋红茶》《人间茶味》共同组成了安妮的红茶心情“三部曲”。

《真爱时光》，与其说是一本红茶文化之书，不如说是一本心灵之书。在书中，她以平实质朴的语言，娓娓道来，呈现了她在生活中的多重“角色”。作为一名教师，她用爱心与耐心，循循善诱，引导孩子们追求真、善、美；作为一位母亲，她对子女们殷殷期待，用文字记录他们成长的脚步；作为一名作家，她以丰富敏锐的情感触角感知生活，发现、品味生活的种种美好；作为一名书法爱好者，她临碑摹帖，分享习字的乐趣与心得；作为一位信仰者，她相信爱的力量，并善于捕捉生活的细节，思索人生的真谛。当然了，和丈夫魏文生一样，她也是一位不折不扣的红茶“追梦人”，把对红茶的热爱倾注于笔端，书写红茶的故事，讲述红茶的精彩。

值得一提的是，安妮还是一位不折不扣的茶书作家。从 2009 年至今，她在笔耕不辍的同时，还参编了《话说福建红茶》《中国红茶经典》和《寻茶问路：重走中俄茶叶之路》这 3 部红茶专著，为中国红茶文化的推广普及添砖加瓦。

其实，从《恋恋红茶》到《人间茶味》，再到《真爱时光》，正如魏文生陈安妮夫妇俩所致力的中国红茶推广事业一样，是一个情感不断升华的过程。

他们先是初识中国红茶。一次偶然的机会，他们到福安扶贫，使他们与那里出产的坦洋工夫红茶结下不解之缘，并从此把推广红茶当成奋斗的事业，“恋恋”不忘。在接下来的十年时间里，他们执掌的元泰茶业团队，风雨同舟，走在复兴中国红茶及中国红茶的逐梦之路上，尝尽了“人间茶味”，五味杂陈。他们用自己的真心实意阐释了“真爱”二字的内涵：真挚、无价、执着。

尽管前路漫漫，困难重重，他们依然激流勇进，以一颗“真爱”的心去追逐最初的梦想。多年来，他们及他们所带领的团队进行了一系列的有益尝试与探索，如元泰红茶屋、“盛典红茶日”红茶知识讲座、一年一度的“元泰杯”红茶世界征文比赛及“元泰中国红茶节暨茶通擂台赛”等等。更难能可贵的是，为了追求原生态、让消费者喝上“放心茶”，他们严格按照“有机茶种植技术体系”，在永泰县建立有机茶园，生产有机红茶。近来，元泰团队又在策划组织“红茶创客空间”双创平台，携手更多的红茶爱好者加入到“追梦”“圆梦”的队伍中来。听到这一消息，我深感欣慰，并答应给元泰团队站台，担任“红茶创客空间”的总顾问，为这一平台的搭建发挥些余光余热。同时，也希望他们坚持信仰，不忘初心，再接再厉，继续为“中国红，红中国”的梦想而奋斗！

希望这本书能给大家带去浓浓的真爱。

是为序。

丙申年腊月于榕城五凤山庄

安妮又有新作将面世，相信大多数红茶爱好者的心情会和我一样，欣喜之余，也充满了期待。

这是一本红茶之书，也是一本心灵之书。

陈安妮及其先生魏文生，是元泰茶业的掌门人，他们带领团队推广中国红茶及中国红茶文化，已足足有 13 个年头。复兴中国红茶、让中国红茶再度红遍世界，既是他们的起点，也是他们的目标。

邵曙光／文

十多年来，魏文生陈安妮这对令人艳羡的“红茶伉俪”，除了是典型的“男主外、女主内”中国传统式夫妻类型，还是一“文”一“武”夫妻档，“ 金风玉露一相逢，便胜却人间无数”的完美结合。

作为爱国华侨后人的魏文生，有着强烈的社会责任感和历史使命感。他带着团队使出洪荒之力“冲锋陷阵”，开拓市场，积极探索中国红茶的复兴之路。从“红茶世界” 到“红茶屋”，再到“红茶创客空间”，这迈出的每一步，或深或浅，都是对以红茶为载体的中式休闲生活方式的尝试与创新。同时，他还是华侨茶业发展研究基金会的理事及基金会旗下红茶专业委员会的发起者，他坚持以“团结广大中华茶人，弘扬中华茶文化，促进祖国茶经济”为己任，通过策划、赞助、举办一系列以红茶文化为主题的茶事活动，宣传推广中国红茶文化，提升中国红茶的品牌文化价值。这是“武”。

那么，“文”无疑就是陈安妮。她的身份很特殊，也很“复杂”。首先，她是董事长兼形象代言人，是元泰茶业树立的公众形象，亦是元泰企业文化精神的象征；其次，她是一名教师，循循善诱，以一颗爱心传道授业解惑，培育塑造纯净的心灵；第三，她是一名作家，以一双慧眼观察世界，以一片慧心感知世间人情冷暖；第四，她还是一个贤妻良母，承担起相夫教子的责任。当然，最重要的是，她是一个彻头彻尾的“红粉”——真心热爱红茶的铁杆粉丝！

记得她在博客上写的第一篇茶文就是《中国红茶什么时候才会红起来？》。在这篇博文中，她畅谈了她与红茶相识结缘的经过，并深刻思索了中国红茶在国际市场上所面临的现状。字里行间，有惋惜、困惑，亦有自信、期待，文字的背后，无不洋溢着她对中国红茶的深情与真爱。

打那以后，她就笔耕不辍了，并且非常“高产”。不论是写茶，还是教书心得、游历见闻以及日常生活点滴，从笔端流淌出来的是平实的语言、真挚的情感和深邃的思考。于是，从2009年至今，她陆续出版了《恋恋红茶》《人间茶味》两部茶香心情散文集，它们与这本《真爱时光》共同组成了“红茶心情三部曲”。此外，身为忠实“红粉”的她，还出版了《话说福建红茶》《中国红茶经典》《寻茶问路：重走中俄茶叶之路》三部红茶专著，有效地填补了红茶通识文化的空白。

真爱是真诚的喜爱，是真挚的热爱。在静享一杯红茶的柔软时光时，香醇温热的红茶，“兼容并包”“和而不同”是它的茶性，更是它的精神底色。因此，它给我们带来的不仅仅是真、善、美，还蕴藏着强大的心灵力量，可以鼓舞人，可以激励人，可以引导人。红茶有价，真爱无价。

是为序。

丁酉年仲春于北京

目录

春風大雅

01 /

知白守黑

02 /

03 / 教學相長

04 / 山语静心

05 / 那時真好

06 / 且行且珍惜

07 / 秋水文章

春風大雅

從前有日記，現在有微信可以記載我們的旅程和心情，除了給自己留下念想和記憶，還可以悅人愉己，實在是一件賞心悅目的事。

我的美國旅遊日誌（上）

从前有日记，现在有微信可以记载我们的旅程和心情，除了给自己留下念想和记忆，还可以悦人悦己，实在是赏心悦目的一件事。2015 年 12 月 23 日乘国泰航空来到纽约和女儿过圣诞，期间逗留十天，至 2016 年元旦后才返港。感恩纽约、华盛顿之行，重新感受生活态度，欣然和大家分享。

文奴隨筆 【2016.01.10】

Day 1 Central Park. 第二次来到纽约，不像上次那样走马观花，在“熊猫大使”的导赏下看到更多的人文景观……

Day 2 乘 1 个小时的火车来到纽约的近郊 Yardley。感谢 Brette 一家的热情接待，让我度过了一个不一样的圣诞节，还知道了原来富贵子树可以长得这么高大。

Day 3 快三十年没有骑自行车，更没有了在风中一边骑车一边大声唱歌的率性（虽然已是严重跑调），那一刻突然发现自己还尚存丁点的浪漫，不禁为自己感动起来：看来是不虚此行。

Day 4 离开 Yardley 和眼噙泪水的女主人，开车 3 小时穿过费城来到 Brette 工作的首府华盛顿。第一站先去当地的超市把冰箱填满。没办法啊，做父母的总是爱屋及乌呢。

Day 5　是日，虽没有暖阳，只有冬日的寒风夹着微雨，却更能感受到白宫附近华盛顿广场那种纪念二战的氛围。我们能在和平的盛世享受自由和平安是何等的恩典。愿世界不再有战争、不再有歧视、不再有贫弱……

Day 6　很喜欢逛美国的小镇小巷，那里最能体现当地人市井生活的风貌和素质。离开华盛顿前去了 George Town，意外地还淘到了一些价廉物美的“宝贝”。逛街最大的乐趣是既能买到东西，而且价格还不昂贵。

Day 7　美国女人过新年就像我们中国女人过农历年一样，都爱早一日把头发熨好或弄个发型。一回到纽约，女儿就带我去整发型，喝下午茶（她说这些都不是她平日里会去消费的，最近特意等着我来时一起去，我好是感动），恨不得把我的行程排得满满的……有时，真想对她说，可不可以不要安排这么多的节目，实在想停下来休息一下，但又怕扫了她的兴，没敢说出口。做母亲的心都是一样的，对吗？

Day 8　美国今天才是元旦日。新年来临之时，女儿出去和朋友们倒数元旦的到来，我这个宅妈还是选择留在她的公寓，倒数之际开始想家了。想过往的每一个幸福时刻，感恩生命中的每一个你、我、他、她、它……I love you all！

Day 9　元旦翌日大都关店，留待家中打扫、拾掇、煮茶、做饭。感慨孩子在家千日好，出门万般难。无论煮什么都说好吃，无论做什么都说感动。将来若是为人父母就会更有体会，更深知父母亲情如天高、如海深、如云阔。

Day 10　在美国的最后一天。参观了博物馆 The Metropolitan Museum of Art，意外地看到已故巴黎设计师 Jacqueline de Ribes 的作品，顺道去格林威治村逛跳蚤市场，喝下午茶，收获颇丰。感恩美国之行。

我的美國旅遊日誌（下）

文妖随笔【2016.01.17】

美国街头巷尾的故事：之前的 Day1 至 Day10 旅游日志（朋友圈）只是记下自己略略走过的地方，还不曾写下当地街头巷尾的小故事，今日借着随笔附注补充。

曼哈顿 78 街的故事：女儿楼下公寓有家“西安肉馍”小餐馆。那日冷风凛冽，女儿先上楼把干洗的衣服安顿好，我便去餐馆买肉馍。100 元的美金不好找，我买不成正要黯然离去，排在我后面的一位土耳其籍美国女人替我付钱。后来女儿下楼找我，要还给她钱，她硬是坚持不要。一个 5 美金的肉馍热乎乎地捧在我的手心里，温暖的是严寒的纽约冬日。

纽约街头的故事：繁华的都市背后亦有凄凉的街景。路边拿着布兜儿不停摇晃讨钱的黑人、楼梯口孤苦呆坐的老白人、地铁站里自言自语拾垃圾的流浪汉、每到夜晚 10 点左右公寓楼下一疯婆子瘆人的怪叫声刺入心扉，让人不寒而栗。

博物馆的故事：华盛顿的博物馆都是开放式免费参观。纽约的 MOMA 博物馆很大，正常的门票是数十元美金。但是，任何人都可以以象征式的 1 美元进入参观。女儿说，这样的收费行为很有爱心，可以关照到一些贫困人士，有钱没钱都可以欣赏到艺术的美。问题是很多人特别是游客都不知道，除了当地人。

华盛顿的餐厅故事：Brette 请我们在一家法国餐厅吃饭，那里座无虚席。进到餐馆，女儿见吧台有一座位空着，便想让我坐下一边休息一边等座儿。谁知座位旁边一美国男人即刻从邻座的女友身边挪过来坐下。女儿马上对他说，抱歉，刚才没看到这儿有人坐。他却很不礼貌地回应：你应该要看到！所以说，哪里都有不文明的人。

费城 Yardley 的故事：Williams Feldman 的家是三层的 House，共有大小十数个房间，没有请佣人。女主人 Patrice 兼职护士，回到家还要料理家务。可是她好像永远都有用不完的精力和热情，他们家的音乐是一直都开着的，她可以围着中岛厨房一边做饭一边哼歌，一点都没有抱怨，家务在她手里就像变魔术一样。他们家的晚餐必定有高杯红酒，即便是外卖带回来，他们的生活也一样有滋有味。还有，他们的家永远都有说不完的话题，彼此的体贴关爱和鼓励时时都能感受到，很少看到他们在看手机，一有空大家就围在客厅的饭桌旁一起下棋，斗智斗勇，诙谐快乐的气氛萦绕在暖暖的屋子里，着实让人迷恋和感怀……

抱團

美国丹佛大学

文妖隨筆【2016.09.18】

在去美国科罗拉多春城（Colorado City）的飞机上，由于班机延误需要在达拉斯住一夜，次日清晨才转机。由于没有隔夜转机的经验，心里不免焦虑担心；航空公司有没有人来接应？机场到酒店该在哪儿坐什么车？第二日从酒店到机场又会顺利吗？

一路上，我眯一会儿、想一会儿、怕一会儿，很想能和身边几位同是中国面孔的人打听下，可是没人理我。同时，我的手机插座不知道什么原因充不了电，我和空少沟通了一阵也没有结果，看着前后左右周围的几位华人可以那么自在，一边充着电一边跷着脚看电视，多想他们伸出手来可以帮帮我，可是还是没有人理我，他们只是看看我又回过头去不言不语零笑容。我只好倒头无奈睡着，到了再说吧。

一下飞机到了机舱口，刚才那些不理我的中国面孔见我们和当地工作人员在用英文沟通询问转机的事情，他们全都涌了过来，热情地和我们搭讪，原来他们来自我想我們的國人應該是團隊，不能是團夥啊！

中国内地不同的城市，还有台湾，也都是需要转机到美国不同的城市！然后他们一路跟着我们，我们还很热情地充当临时领队起来，就差手拿一面小旗了！我们拿到了行李后等他们也都取齐了各自的行李，然后排队出关，还要给他们当翻译，一路询问打探老美，还要一路解答他们我也不知怎么回答的问题；再找 Shuttle Bus 站，帮他们打电话到各自住的酒店安排免费巴士来接我们，到了我们离开机场的时候，已经差不多是最后了…… 和我们一起回酒店的那个深圳男人，坐在大堂吃着美国航空公司为我们提供的免费宵夜时，忍不住赞叹：还是你们香港人比较纯朴有人情味啊！

我想说的是，不是我有多高尚，也不是我的英文有多好，而是，我没想明白，为什么中国人的自我保护意识越来越强，中国人在自己的土地上不抱团也就算了，可是在别人的领土上还是不舍得抱团，就连微笑都那么吝啬，只有除了关系到自身利益的时候才会有些微的笑容？我想我们的国人应该是团队，不能是团伙啊！

美国丹佛大学 Driscoll Bridge

美国科图拉多州闺蜜家

我的東瀛之旅

文妍随笔【2016.11.12】

周五（10月28日）。走进红茶世界，享受真爱时光。本女子企盼已久的幸福之旅终于启航啦！今天下午3点多我们乘香港航空班机，满载“30年还是原配”的这份真爱，于日本时间晚上8点多，顺利到达东京成田机场。

周六（10月29日）。把幸福的时刻留下，日本的茶人裕美小姐说我们俩结婚三十周年之际，来到东京千代田区皇宫谈恋爱，很美！

现在全世界的生意都不好做啊。今日去千代田区路过曾经的立顿店铺（Lipton Tea House），如今也要缩小规模搬到二楼经营。不过，他们的“红茶教室”令我们眼前一亮，我们受到店主管小槻女士的热情接待。

谢谢裕美小姐为我们准备的好茶和美味的果子，让我们过了一个美好的夜晚。裕美的店虽小但是很精致，布置得妥妥的。日本人对细节的专注实在值得我们慢慢细品，快快学习。

周日（10月30日）。在旅日的王亚雷会长陪同下，今天一早，我同先生从东京坐新干线到静冈县2016世界绿茶评比会现场领奖。元泰茶业送审的两款高端红茶“金元泰”“古树红茶”在日本静冈县获“最高金奖”的殊荣，静冈县知事川胜平太先生亲自为获奖企业颁奖！“金元泰”和“古树红茶”在国内外已获奖无数，是难得的珍品。

睡在竹席鋪的榻榻米上，自己鋪蓋被子。月光從窗外透進淡淡的藍，先生說好像回到小時候的鄉下，周圍靜謐得很。天地好像換成了另一個世界，平日的忙碌浮躁似乎離我們很遠……就像這時間的老屋靜默在僻靜的小巷裏，時光緩緩流動……

晚上，来自五湖四海的祖国同胞齐聚于东京池袋的中华料理店“竹香园”。在分享异国风情和他乡见闻之余，特别感慨过去数百年来海外华侨离乡背井、东瀛谋生的不易，从祖辈“三把刀”（剃刀、剪刀和菜刀）到新生代的“跨境电商”“网红”生计，有血有泪的打拼，感慨生活的不易！也为能够在国际大都会东京立足的新侨们点赞。

周一（10月31日）。下午我们来到京都之金阁寺（鹿苑寺）——1994年被列入世界文化遗产。金碧辉煌的金箔寺庙令我们眼前一亮。适逢当地学生也来此寺参拜见学，他们看到我们用日语和他们打招呼，便很雀跃地涌上来玩笑脸，并一起拍照留念。虽然已近黄昏，日渐夜幕，但还是不掩它的魅力，游人络绎不绝。金色的寺庙掩映在青峦瓦岱间，透出丝丝的寂静和遐想，屋顶的金凤凰见证着数百年的人间沧桑。

久闻京都是个大学城，果然名不虚传。穿过金阁寺来到先生的母校——立命馆大学，已然是夜色阑珊。追随着他的背影寻找阔别了 30 年母校的踪影，听他怀想读大学时的点点滴滴：为了拿到文部省奖学金读书，要求教授给两次面试；留学生会创会会长；美女如花蝴蝶盘旋枯木；在哪幢楼读书；住在哪个宿舍；在路边是怎样地打长途给俺（一百一百地打，打完再去买卡，刮风下雪风雨无阻）；又是在哪个邮筒寄情书…… 看着先生已然沧桑的背影和半头白发，照着我这小女人的要求，模拟地打电话回望着我的神情，我早已感动得泪眼模糊，和他在异国的夜色下，重拾初心，倍感温馨。

周二（11 月 1 日）。感谢有情有义的台湾才女柯一薰博士特地陪同我们京都一天游。先是去了名店街新京极的鸠居堂及 Lupicia，感受书香茶香。接着穿过祇园来到著名的清水寺，穿越在古建筑与和服的仕女间，迷失在时空错乱之中。同是世界文化遗产的二条城和京都御苑，让我们了解更多关于德川家族与天皇的宫廷政治历史。原本柯博士夫妇还要带我们去感受抹茶的日本茶道，因为实在走不动了，只好婉谢他们的美意，改吃烤肉去啦。

周三（11 月 2 日）。原本想到岚山见秋天的枫叶，但是时间不对有点失色，幸好能见到由廖承志于 1978 年提笔的伟人周恩来总理的诗词纪念石碑。1919 年周总理曾两次来到岚山并赋上述诗词留念。日本有句谚语“沉默是金，雄辩是银”，我们之前参观了金阁寺，所以今天在钱行先生的建议下又来到了银阁寺。它虽比不上金阁寺的华丽，但自有它的古朴雅趣。可惜没有时间慢慢品味，希望下次还能再去好好欣赏。京都这里的历史名胜古迹实在太多了，美不胜收！

来到京都一定要住在巷弄间有独特风情的民宿里，我们早早就请友人为我们代订好。睡在竹席铺的榻榻米上，自己铺整被子。月光从窗外透进淡淡的蓝，先生说好像回到小时候的乡下，周围静谧得很。天地好像换成了另一个世界，平日的忙碌浮躁似乎离我们很远很远，就像这间的老屋静默在僻静的小巷里，时光缓缓流动……

有个手机控的老公总是走到哪拍到哪。想拍靓照的时候感觉很幸福，可是不想拍的时候又让人好烦，不过还是幸福的时候多一点。谢谢老公为我们结婚 30 周年庆在东京、京都两地留下了美丽的念想。

庆幸这几日都是好天气。日本朋友建议我们以后下雪的日子再来东京、京都、札幌等地，相信会有另一番美景感动！

周四（11 月 3 日）。2 日晚上我们从大阪关西机场启航，3 日凌晨平安飞抵香港。

重訪先生的母校立命館大學

文奴隨筆【2016.11.15】

立命馆大学设有立命馆孔子学院，我们夫妻俩对此很感兴趣。次日下午，我们在参观完名胜二条城及京都御苑后，力邀台湾才女柯一薰博士陪同又再访“立大”，看个仔细，这下可大大地满足了先生的手机控及岁月情怀。又转了好大一个圈进了立命馆孔子学院的会馆拜访参观。总算皇天不负有心人，在会馆的二楼我们得到武田龙马事务局长等人的热情接待，并介绍说这里是中国政府支持在日本开设的第一所孔子学院，墙上还挂有周恩来总理、温家宝总理的墨宝，也亲眼看见了挂在墙上的温家宝总理一行（温家宝总理曾于5年前造访过该大学）当年访问“立大”的照片，并与之合影留念。

这几日逗留在京都这座美丽的历史文化名城里，先生不断地慨叹，当年留学期间只顾埋头苦读和勤工俭学，又由于自己的年少无知竟错过了身边许多美好的事物，

看著先生已然滄桑的背影和半頭白髮，照著我這小女人的要求，模擬地打電話回望我們的神情，我早已感動地淚眼模糊，和他在異國的夜色下，重拾初心。

留学当年完全不知道京都还是吃茶风气很盛的茶道古都，而数百年前日本的茶圣千利休又把茶和禅结合在一起，而至于茶道与京都的关系，由千利休子孙所分流的“三千家”——表千家、里千家、武者小路千家，都位于京都同一条水脉之上，便可得知茶道与京都的渊源之深。然而由于茶缘的牵引，先生重临故地，为阔别数十年后母校“立大”今天已成为学习中文、中日文化交流之地而感到欣慰，他的脸上充满着喜悦。

日本人以自己是京都人而自豪，他们觉得不是有钱就高贵，而是三代传下的京都血统才是至高无上，因为这里是贵族与武士的起源之地。所以能在这里读书也是一种骄傲，还有一份福气。

港大書法班遊學之旅

文妧随筆【2016.11.19】

日本的真爱之旅返来隔了一天，又马不停蹄地随着港大书法班参加“上海、杭州游学团”了。原本想着游学团不过是挂个名吃吃喝喝走走看看，游在前学在后，可是一周下来感觉一点也不轻松呢。虽然住的全都是豪华星级酒店，吃的喝的也是佳肴美酒，但是每日都要早起晚归，还是个体力活。遇到睡不好的时候第二天也要硬撑着听老师讲解，强打精神假装积极分子，毕竟机会难得啊。有些同学还带笔记本一边听一边写，我准备不足，只能靠脑袋和手机帮助记忆了。

周五。 从香港坐港龙航班到上海时已经是傍晚了。下榻完宝和大酒店后团友们齐到曹溪北路的“上海老站”晚餐。这天刚好师母有事没来吃饭，只得由老师点菜。老师最讨厌用智能设备这一类高科技的东西，偏偏服务员拿了一个IPAD划来划去，老師從不屑說技法，說那是匠人所為。他談的都是書道，乘著一大片郁郁蔥蔥的竹林和朦朦朧朧的煙雨，再看我們撐的五顏六色的小傘，搖頭直說大煞風景。

划得老师头昏眼花，只随便叫了一些菜。印象最深的是烟熏豆腐煨小棠菜，好吃得很。

周六。 披着 11 月的金秋，踩着一路飘坠的梧桐叶，我们一大早就来到上海博物馆排队参观。那里面有好多的展馆，老师强调参观展览也要做到“意在笔前”。老师重点带我们导赏“中国历代书法馆”“中国历代印章馆”和“古代青铜馆”。经现场解读，不管是印章还是青铜的纹饰，即便是弯曲的线条也能感悟到融入书法中那种秀挺的美感。中午在“小南国”吃饭。下午到福州路和上海西泠印社买文房四宝。老师推荐我们买“箭镞”印泥，我也买了 5 两，共 1750 元。估计可以用一辈子了。晚宴在“苏浙汇”的黄埔店，这下师母来点菜。显然，有师母点菜，老师和我们都乐得轻松，这一餐饭也让我们看到老师上课以外的另一面：我们都感觉到他们夫妻的恩爱，有师母在身边，老师表现得很轻松也很有爱。

周日。 昨日看不完那么多精彩的作品，今日又接着到博物馆看。老师不喜欢我们用相机或手机拍照，他说，最好的相机是脑袋。要用脑用心去揣摩去印记。可是我们忍不住还是偷偷拍了好多照片，只想回来后细细观看。但正如老师说的那样，回来后好像又没了感觉，毕竟手机又隔了一道光影，然后光影后还有一层玻璃，不真实。班里只有一位大师兄一路上真的就是不用手机，不拍照，硬是一路用脑记忆，而他的字常常都是班里写得最好的

明德惟馨
神歆其芳

一位。那一日午餐在“老吉士”。下午去“朵云轩”看名人书法拍卖。何绍基、沈伊默、白蕉的作品全都在数十万元以上，我们的师公来楚生和周慧珺的在几万元左右，还有一些不知名的在数千元。真正感悟到书法的名气看来远比书法本身重要得多。这也是一种无奈的社会现象，要不怎么会有“书法名人”和“名人书法”之分呢？因晚上老师夫妇都有约，我们学生便在“田子坊”自由活动。

周一。今天一大早我们坐巴士来到杭州。一路烟雨蒙蒙，这里的气温明显在下降。中午在班长事先为我们订好的“梅山茶苑”吃午膳。我从上海的经销商朋友那儿要的大红袍来到这里泡却被导游说成了洗碗的茶水，差点令我气结。不过也是，忘了到喝西湖龙井的地方还喝这外地的岩茶，没被人赶出去已经就很不错了。下午，我们去了“云栖竹径”看竹子的线条。真佩服老师连看竹子都能讲一堂精彩的书法课，牛！这就是港大的老师，也是我们最崇拜之处！他从不屑说技法，说那是匠人所为，他谈的从来都是“书道”。看着一大片郁郁葱葱的竹林和朦朦胧胧的烟雨，再看着我们撑的五颜六色的小雨伞，老师摇头直说大煞风景，他说此时此景最适合的是撑一把油纸伞，或是干脆淋雨。他一路上就是不要伞，说这里是“云栖径”，头上自然有云栖息在上边。真是服了他。晚餐在“张生记” 吃杭州菜，这里做的著名菜肴“老鸭煲”相当不错。晚上住在杭州武林万怡酒店。

周二。 上午我们到杭州西泠印社美术馆的韩天雍展览馆参观。韩先生是西泠印社社员，他以书法篆刻名重于世，风格雄浑强厚，他的夫人刘茜女士是出色的陶瓷家，作风温柔朴素。二人共造一物，刘茜制印钮，韩天雍制印面。刚柔并济，阴阳相合，真是琴瑟和鸣的一大雅事。中午在西湖边上著名的“楼外楼”（孤山店）吃午餐。下午就在隔壁的西泠印社参观。这是老师极为重视的重头戏，因为它有“天下第一名社”之称，为全国重点保护单位。它的金石篆刻技艺是国家级非物质文化遗产。篆刻大师吴昌硕为首任社长，我们的叶民任老师和即将教我们篆刻的邓昌成老师也是西泠印社的社员，名字都刻在石板上。我们做学生的深感“与有荣焉”。虽然自己从未学过篆刻，但有老师的承诺也就不那么怯意——港大书法班出去的学生，篆刻在香港可以算得上数一数二！顿时信心满满。但愿自己的技艺到时不要让学校和老师丢脸。那日还参观了浙江省博物馆的“吴让之赵之谦书画印珍品展”。晚餐安排在杨公堤的“知味观味庄”，吃什么竟也给忘了，位于西子湖畔的美景餐厅实在美得炫目，可谓“知味停车，闻香下马”，值得一去。

周三。临离开杭州的这天上午，老师带我们来到潘天寿纪念馆。潘老先生原来是我们的太师爷。因为我们的老师师从来楚生，而来楚生又是潘老先生的弟子，所以到了我们这儿，老师说已经是第四代的学生了。还未进馆前，老师要求我们全体肃静，要以端庄肃穆的心情来感受这一位曾经在“文革”中遭受苦难的老前辈。参观完后，便在附近的“宝文阁”和“南山书屋”逛游。一同前去游学的前几届大师姐们都买了数千元一支的“石獾笔”，老师也买了一支。好的笔通常数量都是极为有限，轮不到我们这些小辈们的份儿了。幸亏聪明的我们都各自拿了老板的名片，等我们写得老辣了再买也不迟。真喜欢那一带的环境，那才叫书香袭人，令人流连忘返。

周四。好时光终归还是要依依惜别的，这天我们乘坐港龙班机从杭州的萧山机场飞回香港。顺便提提，除了我们各自越来越重的行李外，还有从上海文庙地摊市场买回来的一大包手工纸。女同学们负责砍价，男同学们负责搬运。卖纸的老板看到我们这一群不懂从哪里来的“书痴”也觉得好奇，随便就卖给我们，所以很便宜，大家都好开心呢。两刀纸带回来后大家匀分，一人也才分到 10 张。刚好现在学汉碑，用来写功课效果一流。

知白守黑

這個夏日的夜空特別澄淨。我一邊倚在窗下看天上朵朵移動的白雲，一邊聆聽詩勛細說漢字的美學。裏面有個篇章談到他父親教他寫字如做人，要正要直。我的腦海也不斷跳出我的文字故事。

我的書法啟蒙老師

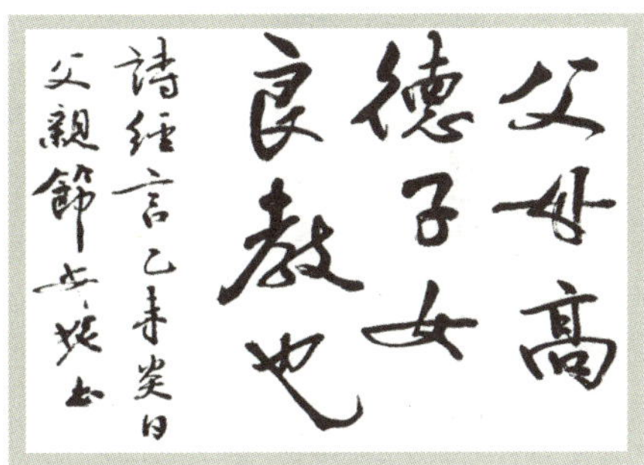

女妖隨筆【2015.06.21】

我的父亲是个沉默寡言不爱说话的人，除了喝酒外。

我至今回想他对我说的话不超过十句，他给我印象最深的就是爱干活、爱做菜、爱喝酒，还写得一手漂亮的好字。有一次，我看到他和我的母亲难得那么有闲情在写毛笔，我就凑过去，拿着毛笔也胡乱地涂写起来。我笔也拿不正，身也坐不直，握笔如千斤重担，父亲便教我执笔入锋和回锋。最记得父亲见我在那儿不断地回笔，便对我说，写字不能老在那儿回笔，就像做人一样。那个时候我不明白他说什么，只是囫囵吞枣地听着。如今天命之年才渐渐悟出他说的什么意思。

小時候，父親教我執筆入鋒和收筆回鋒，最記得父親見我在那兒不斷地回筆，便對我說寫字不能老在那兒回來回去，就像做人一樣。那時我還小不明白他說甚麼，只是囫圇吞棗地聽着，如今天命之年才漸漸悟出他說的意思。

我最喜欢父亲写他名字里的繁体“梦”字，那最后的一撇很有气势很有力量，那是什么韵味当时我也说不清楚，反正与众不同，就是喜欢。那个时候我感觉父亲的生命应该也会像他的那一撇那样流长，可惜他在这个世界上就只做了那么短短的一场梦便离开了我们。

昨晚，彻夜翻箱倒柜地找父亲写给我的书信，当我看到泛黄斑驳的信笺上，父亲对我的称谓“琴儿”时，我再一次泪流涌动：父兮生我，母兮鞠我，拊我畜我，长我育我。父已不在，我何以怙？假若父亲尚在人间一日，他也一定不让我委屈一秒。

值此父亲佳节，仅送上我的书法给我在另一国度的家父大人——我的书法启蒙老师。

母親的字

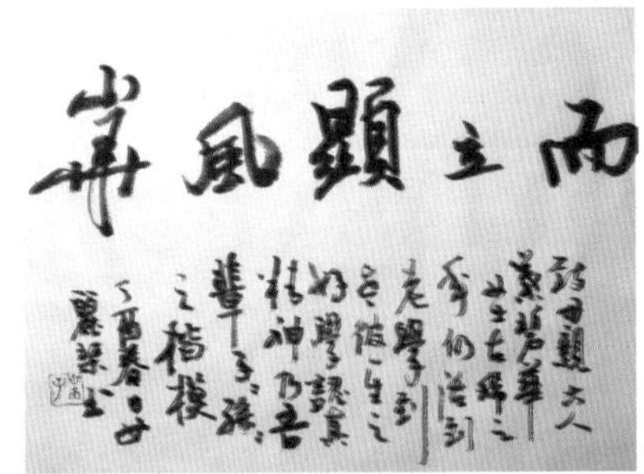

文妖随笔 【2015.06.28】

上半年我回娘家，母亲给我看上海书艺社寄给她的邀请函和书刊，邀请她做上海书艺社的书法顾问，书刊上刊登了她的草书作品，下面注明：永安书法家叶碧华女士。

当别人给她寄邀请函的时候，她回复说“贵社应该是寄错了”；当我鼓励夸奖她的草书写得好时，她总是谦逊地说她的字是“鬼画符”，学不得。当我常常在她面前卖弄我的书艺时，她也总是细心聆听着呵护着，从不随意批评论断。

小时候看妈妈的字，觉得那是女中大丈夫的硬笔风格，字字力透纸背。她的字和她说话一样铿锵有力，掷地有声。如果哪一天她说话乏力，我一下就能听出那一定是她身体抱恙了。在她面前我总是有点心虚自卑，不太敢写字。因为从小到大她总是嫌我的硬笔字不够“硬气”，也许真是性格使然的缘故。我和母亲性格截然不同，她坚强乐观从不杞人忧天，我却多愁善感偶尔还软弱忧心。所以，母亲常常也取笑我是没用的小女人。

母親的硬筆字和她說話一樣鏗鏘有力，擲地有聲。很小的時候，母親就告訴我們一定要寫好字。因為字如其人，書品如人品，特別是女孩子。

很小的时候，母亲就告诉我们一定要写好字。因为字如其人，书品如人品，特别是女孩子。一个女孩子如果字写得不好，针凿又不会做，将来拿什么做嫁妆？那时候，整天听她唠叨这些，以为这辈子也嫁不出去了。

难怪，我家夫君常常说幸亏他后来不小心收留了我，收留了我这个没用的小女人。是啊，要不现在我也不知道花落在谁家。

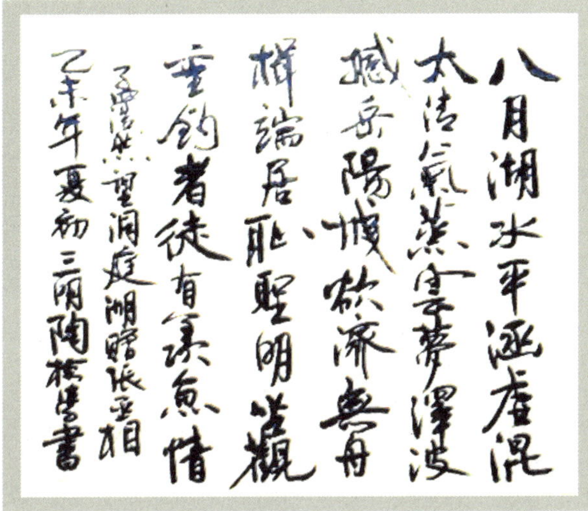

我的男神老師和女閨蜜的一手好字

文妖随笔【2015.07.05】

林燕芳是我高中时的闺蜜。据她回忆，那时她坐在我旁边基本没怎么看黑板，整天盯着我的作业看，还偷偷地拿着我不要的草稿纸回家照着临摹。后来上了大学，她读中文系，我读英文系。从此，我们俩的文字命运就改写了。

她跟着他们班的男神老师学书法。除了上课的日子，她几乎躲在宿舍里，像小龙女苦练九阴真经功，日日写书法，几年下来，练得一手让我叹为观止的行书。我刚来香港的时候，经常收到她寄来的信件，字字珠玑，那欲言又止美得让我屏住呼吸的一手好字，把我们之间遥远的距离又拉近了，墨水的痕迹和信笺上的温度墨水的痕跡和信箋上的溫度讓我們的心彼此貼近起來。我常常幻想甚麼時候也能像老師那樣寫一手令人驚羨的好字，把書法那種怦然心動的美傳承下去。

让我们的心彼此都更加亲近起来。因此，我开始了漫长的临摹时期。这次，又是轮到我拿着她的信件认真地临摹起来……（可惜搬家时还有些信件不知藏哪儿了）

她的男神老师是三明学院 83 级所有女生的偶像老师，当然也是我的男神老师。不仅如此，毕业后，因为彼此欣赏崇拜的缘故，他的嫡系学生燕芳和我这个庶出的学生彼此间都成了要好的闺蜜。

说到这个男神老师，曾经是华东师范大学最年轻的高才生，现在更是大学校长兼教授级别的重量级人物了。遥想当年，老师给我们上中文课时，真记不得他上课都说了什么，但永远记得拿着粉笔在黑板上移过来又移过去翩若惊鸿的那一手行书，看得我们这些少女们春心涌动，尽发白日梦。那时，我常常幻想：什么时候，我也能像老师那样写得一手让人惊羡的好字，把书法那种令人怦然心动的美传承下去……

前些日子，男神老师在微信上留言：亲爱的安妮，你再这样练下去，我以后怎么见你啊？看到你书法的长进，我又重新捡起了我干枯的毛笔…… 这就是我最崇拜尊敬的老师，不管岁月怎样流逝，世界怎样变化，他总是一贯地表现着“有德容乃大，无求品自高”的谦谦君子风度。有幸做他的学生，是我一生中最快乐的荣幸。

我家老魏的字

文妖随笔 【2015.07.12】

我们家老魏的字算不上俊逸，但是在那个用纸和笔写情书的古老年代，那一封封情深款款的字里行间总是透着一股股书生诗意般的浪漫，和骨子里面大丈夫的英气和霸道，那正是我在那个优柔寡断之时最需要补充的果敢性格。那时，他虽然话语不多，但我想凭着他一个拿着奖学金读书的优异生，又是大学留学生会会长，一定也会是一位聪明正直仁爱有担当的人。如今看来，当年以他的书品来推论他的人品总算没有看错眼，唯一一样略感缺失遗憾的是，曾经沉默俊朗的少年，如今早已被岁月蹉跎成一个海阔天空的“话痨子”了。幸好他的正直和仁爱之心即便受到生活的挫折依然尚存，十余年来，为纪念和承传家翁的慈善精神，他一直坚持每年为福州市归国华侨联合会提供约 20 个名额的“魏可英助学奖学金”，以帮助有困难的学子。

我们鸿雁往来的文字一直从日本京都立命馆大学漂洋过海到福建省永安市仙泉坑 35 号的小阁楼，到后来的福州五一北路古仙桥的东福楼和五里亭的广达南，再到我們家老魏的字算不上俊逸，但是在那個用纸和筆写情書的年代，那一封封情深款款的字裏行間總是透着一股書生詩意般的浪漫和骨子裏大丈夫的英雄霸道，那正是我在最優柔寡斷之時所需要補充的果敢性格。

香港尖沙咀堪富利士道和北角电器道的城市花园，好不热闹。如今，看着满满一箱子的情书，为自己曾经有过的少女情怀和刻骨铭心的浪漫感到满满的窝心和感动。

印象最深刻的是，我从永安外经贸委辞了工作后，来到福州五一北路古仙桥的东福公司帮忙老魏家卖房子，生意红火得不得了。每天早早地来到公司上班，楼下管理处收发室那位高高瘦瘦的福州“依伯”见我老远骑着自行车进来，就会故意用喇叭似的高声浪向着整个院子里的人喊道：“陈丽琴，有你的日本名片……”有时，他还会把我明信片上的内容也大声读出来：“在这神圣的日子里，寄上我……”羞得我以后再也不敢像一阵风那样刮进来，只好远远地就下车，静悄悄地把车子停在门外，像鬼子进城那样躲避着“依伯”。那时候，最害怕的事就是怎么又收到来自日本雪花般的明信片，几乎每日一封。

而今看来，那样的日子实在太值得我炫耀和陶醉，可惜那好日子就只有那短短的三年时间。之后，我们结婚生子。从此，再也没有收到那样窝心的“甜言蜜语”，再也没有这么美好的故事。真想知道，情书，这是否是每个男人婚前必用的“聪明伎俩”？

書道，黑夜寂寥的清唱

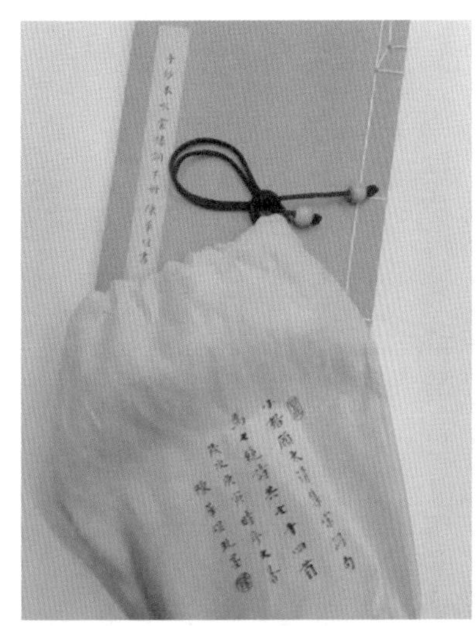

文姒随笔 【2015.07.05】

从第一天到港大上书法课一直就是纠结的，既想学习新东西，又放不下以前老师的旧知识。而且港大老师们个个都那么有个性，我的心里更是常常像小孩儿一样和他们搞对抗。我顽固地认为没人可以超越和取代我的启蒙书法老师。

迄今为止上了几个月的课，已经有五位老师授课，当中还有两位博士生导师，学着学着越发地感受到他们各有千秋的教学法和各自强项的书法领域。特别是开始写第一阶段的论文之后，因为要交功课，必须逼着博览群书。不看则已，一看觉得自己在几千年的古人面前，仿如一粒尘埃掉到地上都见不着影子。人们常说书法的博大精深，远不是指它的书体，更多的是它背后的历史、文化和书道精神，还有很多有趣的故事。霎时间，领会老师们用心良苦，间接地教导我们实在不要因为会涂写几个字就沾沾自喜，书翰如大海，我们只是其中的一滴水。

不同的書體各有各的美妙：金文甲骨獨特的古拙、篆隸枯藤的金石韻味、楷書如淺吟清唱、行書是輕歌曼舞、草書為激昂的交響樂，其中最簡約的楷書最難學、小楷尤是。

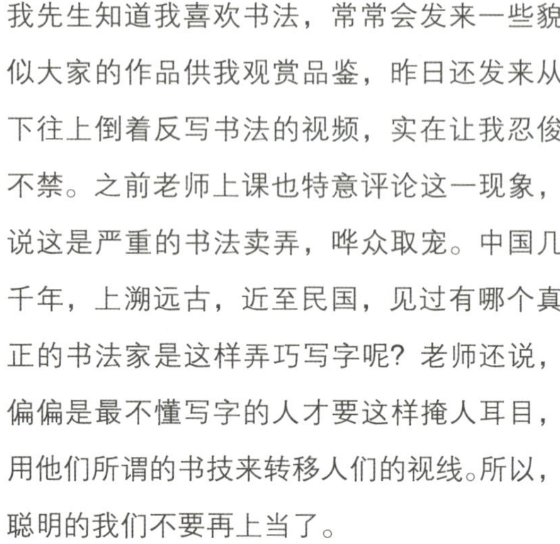

我先生知道我喜欢书法，常常会发来一些貌似大家的作品供我观赏品鉴，昨日还发来从下往上倒着反写书法的视频，实在让我忍俊不禁。之前老师上课也特意评论这一现象，说这是严重的书法卖弄，哗众取宠。中国几千年，上溯远古，近至民国，见过有哪个真正的书法家是这样弄巧写字呢？老师还说，偏偏是最不懂写字的人才要这样掩人耳目，用他们所谓的书技来转移人们的视线。所以，聪明的我们不要再上当了。

老师说做学问要老老实实，静下心来。只要好好学，一定能写出各种书体各自的美妙：金文甲骨文独特的古拙，篆隶枯藤的金石味，楷书如浅吟清唱，行书是轻歌曼舞，草书便是激昂的交响乐。其中，最是简约的楷书最难学，特别是小楷。我总算尝到在黑夜里独自清唱的那种寂寥。

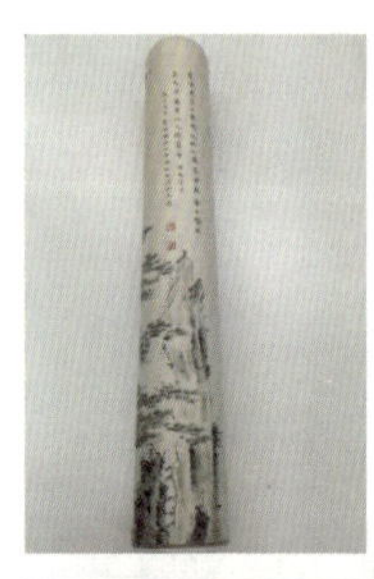

但愿黑夜过后的黎明时刻，那些陪伴我的各种大小字体能让我欢呼雀跃。老师说，下一堂课请同学把考试作品带来让老师在课上品讲，我是其中一个被点到名字的人。不知是惊还是喜，课后清洗墨碟时竟把碟子也打碎了。善哉，善哉。

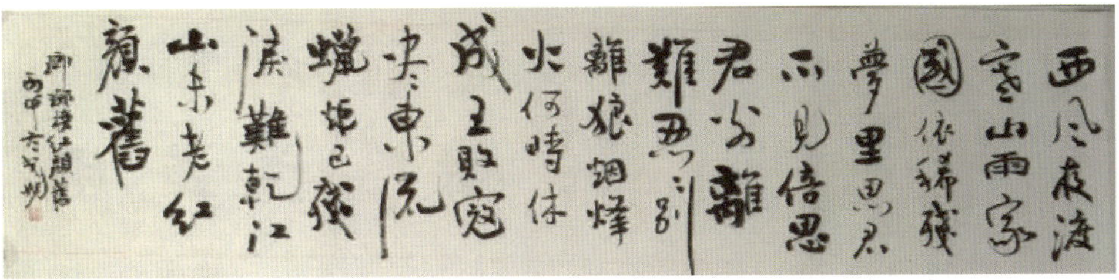

安妮书法分享

安妮随笔【2015.07.05】

《红颜旧》是2016年全国最佳电视剧《琅琊榜》中的插曲。很喜欢这部电视剧，也很喜欢听刘涛唱的这首歌曲。这首歌极具东方韵味，轻柔婉转的曲调犹如浓墨淡彩中的一抹亮绿。我尚不会丹青，但却想在歌者的抑扬顿挫间，把霓凰郡主对麒麟才子梅长苏的那份欲语还说的爱恋不舍，以及造化弄人两人不得不面对的结局，通过翰墨展现彼时的心境……

每个人都有处在困境的时候，有的人从此一蹶不振，但有的人痛而不言，依然坚强笑对人生；有的人惊慌失措，有的人却惊而不乱，淡定从容随遇而安。每个人都有自己的处理方法，毕竟每个人的人生阅历和智商情商都不同。不知下面这个用魏楷写的钱穆大师名言是否可以帮到你，让你在艰难时持续奋斗，在困乏时继续多情——相信一切都是上帝最好的安排。

很多時候，研習書法是一個人寂寞的旅程，但在喧囂繁鎖的生活中若能回归自我，哪怕只是走一段極為簡短的返樸归真之路，亦足矣。

艱難我奮進 困乏家多情

学了著名的《华山庙碑》和天下第一摩崖《石门颂》，尝试用这种沉稳宽博飘逸的字体节书一段《朱子治家格言》。当所学的知识能够学以致用的时候，相信是最满足最有成就感的那一瞬间。终能领悟孔子说的 “学而时习之不亦说乎? ” 我想，“习” 非 “温习” 之说，而是 “实践之后的快乐”。虽然，很多时候，研习书法是一个人寂寞的旅程，但在喧嚣繁琐的生活中若能回归自我，哪怕走一段极为简短的返璞归真之路，便也足矣。

黎明即起灑除庭院要內外整潔即昏便息關鎖門戶必親自檢點一粥一飯當思來之不易半絲半縷念物力維艱

古今之成大事业、大学问者，不可不历三种之阶段：“昨夜西风凋碧树。独上高楼，望尽天涯路。” 此第一阶段也。“衣带渐宽终不悔，为伊消得人憔悴。” 此第二阶段也。“众里寻他千百度，蓦然回首，那人却在灯火阑珊处。” 此第三阶段也。未有未阅第一，第二段级，便可遽跻第三阶段者。

這是真正的喜歡書法

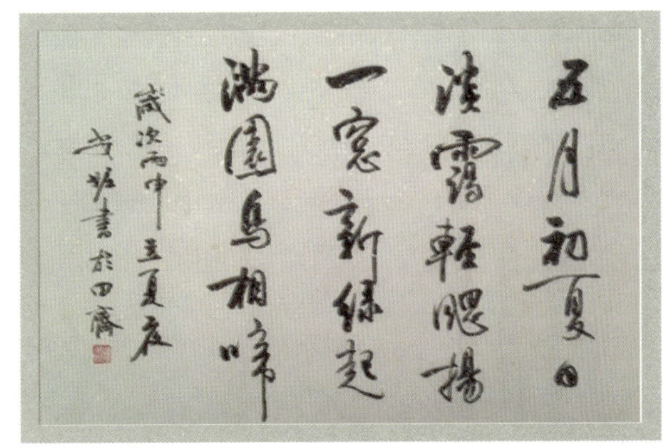

安妮隨筆【2016.05.08】

三年前，我的启蒙书法老师给我发了一张他次子结婚的请柬。浅金色的信笺上用毛笔写着一竖靓丽的行楷，美不可言。我参加完了婚礼，剪下那一行我的姓氏和名字，当作书签夹在小本的书里。有一次上课，大家一起查考经文，老师无意看到那张书签，惊讶地望着我，只说了一个字“哇”就不说话了。他应是默默地把我喜欢他的书法记在心里，从那以后从不说“NO”。即便现在转益多师，他也一样有求必应。

这是真正的喜欢书法。

去年的盛夏，为了写“安妮随笔——因为字的故事”，我特地写信给大学的中文老师，向他讨要一张墨宝。他二话没说，立马就写给我。想当年，他上课时教我一篇書法的背後需要付出巨大的時間、心血和努力，不懈的堅持、耐得住的寂寞和反復的實踐。你看到的只是台面上的那一幅光鮮，台下捨棄又捨棄的不堪只有書者自己知道。

们什么早已不记得，但那一行行翩若惊鸿的板书可是一辈子也不会忘却，他的一手好字曾看得我如痴如醉，云里梦里，简直到了膜拜的地步。我那时就在偷偷地想：什么时候我也能写一手这么令人羡慕的好字？把书法这种令人怦然心动的美传承下去。

这是真正的喜欢书法。

上个星期六，港大老师派发评分功课——《抚董其昌笔意书东坡之记游松风亭》。评分纸上夹着一张小纸条，上面写着：“怎么收卷？首在外，尾在内，是为序！”看完后，我悄悄地把功课重新卷好，再把那一张小纸条重新夹在手卷侧。老师看到后，问我为何还要保留那张纸条？我回答他，留着提醒自己不要再犯相同的错误。他似乎很满意地微笑点头。其实，我并不是不懂收卷的顺序，是一时忙忘了。我留下老师的评语，还是因为喜欢老师的字。

这是真正的喜欢书法。

因为没有硬卡纸，有好长一段时间都没有给粉丝们和客户们写书法了。在莆田工作的闺蜜追了我多次，要我给她写几幅小字，挂在她的办公室里，即便用软纸卡也行。美国闺蜜的哥哥和侄女从福州发来微信，也要我的字，说收到后就马上装裱起来。在福

州高校工作的老师，也是长期忠实的粉丝，不仅帮她的司长级朋友向我要字收藏，自己也想要，但又没好意思说，就说，随便把不要的草稿送给她就可以了。我说，那怎么行，不如我给你写一篇经文吧。把这个主内的姐妹乐得像小迷妹，说是要朝思暮想地等着我回去。

这是真正的喜欢书法。

我说了这么多个“真正的喜欢书法”，一来是想感谢朋友们对书法真正的喜爱，一路陪伴着见证着毫不吝啬地点赞和鼓励，二来是想和还不是太喜欢我书法的朋友们说，要像我的表妹学习，勇于指出我书法的毛病，而且还要学她那样对我说：等你写得更好一些再送我。这是真正喜欢我书法的人才会这样说。只可是，有人话音未落，昨晚看到我的入夜新作——《立夏诗》，早已按捺不住地跳出来：“这个不错，送我！” 她还真有眼光，这是一篇自我感觉良好的拙作。刚学了米芾，就现买现卖，抚下老米厚重饱满的书意，将之凝入立夏万物蓬勃的文意里。第二天想再写一幅，可惜已不是昨夜的书意了。

真正喜欢书法的人，对书法有着肃穆的敬畏之心，不敢随便给人提笔写字，正如真正喜欢书法的人，也不会随便收藏和糟蹋书法。不喜欢书法的人，千万不要信口开河向人讨字。要知道，一篇书法的背后要付出冗长的时间、努力的心血、不懈的坚持、耐得住的寂寞和反复的实践。你看到的只是台面上的那一幅光鲜，台下舍弃又舍弃的不堪只有书者自己才知道。

全班倒数第一

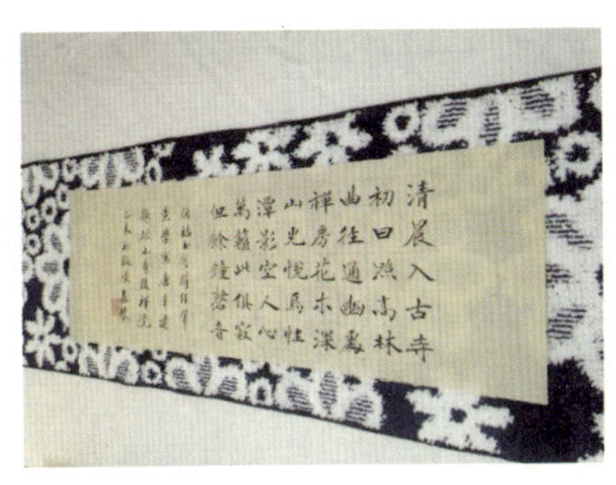

文妖随笔【2015.10.25】

港大书法统筹导师叶民任是出了名的严师，特别是上星期六的一堂课我上得胆战又心惊。

他让点了名的五位同学把作品全都展示在白榜上，然后逐一点评。他最先评我的书法，看到我原本就切不平的毛糙纸边，又被他从纸筒取出批改时不慎弄得破损，一幅连我自己也不敢看的“衣衫褴褛”的作品，真不知他会严苛地说些什么。果然，他似笑非笑地说道，要论笔法和笔意，此篇作品堪称全班第一，最能表达褚遂良《阴符经》的清远萧散之意，而且写得自信从容宽博。大家都是上四堂课，为什么此同学能做到，你们做不到？这是我始料不及的评语，正准备沾沾自喜之际，他接着说道：“但是，但是，要论章法，全班倒数第一！”我一下子从高八度的亢奋掉入了低八度的谷底。Duang……Duang……Duang……

老师似笑非笑地说道，要论笔法和笔意，此篇作品堪称全班第一，最能表达褚遂良阴符经的清远萧散之意，但要论章法，全班倒数第一。

于是，他开始逐一列出我章法倒数第一的缘由。我知道被老师批评会很难过，而且是在众同学面前。但我同时也知道这也是我最佳的学习和反省的机会，我快速地在笔记本上记下以下几点：第一，宣纸切得不平，显示内心不够宁静，欲速则不达；第二，作品包得太严实，一层又一层，让老师无从打开以致弄破，而且纸筒太长太重；第三，作品的左右留白不够严谨，手卷不必留白太多；第四，落款内容太多而且不够紧凑，几乎成为另一幅行书作品了；第五，“阴符经”的“阴”怎么写成简体字？“我，我真想把这个作品退回给她重写。但也从以上看出，此同学为豪爽不拘小节之人。”

关于第三点，老师还用了一个比喻说明，两公婆住一间房子需要三万呎吗？三千呎都足足够了。我心里很想辩驳他，我还真想住三万呎呢，老师，可就是死活也不敢说出来。下了课，同学们都诙谐地叫我“三万呎”。

到了课间小休的时候，老师有个好玩的习惯，就是大家一起下去喝杯饮料，15分钟的时间。一路上，老师把我叫到一边儿：“你的不拘小节自有你的好处，将来很多作品其他同学做不到，你能做到…… ”被老师夸得我都有点不好意思起来了。然后，我故意岔开话题说，老师，接下来写鲁公的麻仙（麻姑）山仙坛记难不难写呢？老师说，你看你看，什么麻仙姑？乱七八糟的。同学们嘻嘻哈哈地又笑成了一团。

叶老师笑言，真想知道你在家是怎样的？正不知怎么回答的时候，有同学远处传来：“叶老师，您的咖啡在这儿。”回来我和老公谈起老师对我的评价。老公哈哈大笑，这个老师真是太厉害了，怎么知道我家安妮她最想住的就是梦寐以求的三万呎豪宅呢。调皮的震儿趁机在一边补充道：“是啊，我的妈妈能把唐顿庄园说成很多版本的：唐顿公园、唐顿花园、庄顿花园……她是我们家的‘花师奶’啊！”

翰墨诸师论

（之二）港大书法文凭第九届课堂笔记精华整理

文妖随笔【2016.02.28】

不知不觉港大的书法班已上了半年有余。这半年里获益良多，Y老师虽然严格，但是有料。于是众同学皆战战兢兢，不敢贸然出声，甚至连给老师铺纸都大气不敢出，更不用说老师写字的时候了，谁还敢胡言乱语呢？有一次，老师把某位同学的作品评得一文不值，课后，同学们私下议论纷纷：现在会骂人的老师不多了，他敢骂你是证明他有料。你爱学不学才不是他要想的问题，所以，听说前几届有人受不了就当堂退学，有人看不懂文言文便退学，也有人因不会写论文也退学。但也有人即便出差也要每个星期从台湾坐飞机回来听课。我之前的师兄师姐已曾告诉我要有心理准备，所以，我好像已然习惯，被骂是正常的，不被骂反而显得很奇怪。据说，他不骂美女，可是我看我们班几个美女一样要被他指指点点。所以，若是被老师夸上一回，就会屁颠屁颠地高兴一整个星期。今日被赞，心情大好，于是整理诸师笔记如下。

正美為書法第一大美。書法不能有太突兀之字，不激不激方顯中和之美。

笔记（之一）：

（1）大家都爱用手机拍照，拍风景拍书法……不要忘记，拍摄的是影像，唯有用心记忆才是意像。不要太依赖电脑和手机，人脑才是最靠得住的。

（2）书法不能有太突兀之字，不激不厉才方显“中和”之美。

（3）道家思想“法天贵真，虚实相生”，追求自然和阴阳太极。应用在书法上：纸为虚，字为实。

（4）书法不仅是线条和结字的组合，更重要的是它赋有艺术形态之美。“技进乎道”，技为写字，道为思想。惜文征明匠气太足。

（5）古人说“惜墨如金”便能产生沙笔即枯笔之效，沙笔为枯藤老树，干得滋润。若能枯而不老，方能千秋万代。

（6）先人的书法加上个人的学养，此中必有情感的交流和性情的自然流露，乃称之为“笔随心性”。

（7）宣纸大小裁得不合适，就像衣服穿得不合身。纸张裁剪得不平整，不是裁纸刀的问题，也不是纸的问题，问题是你的心。

（8）落款章法就像足球的临门一脚非常重要，在通篇写字之前要胸有成竹，哪里签名、哪里盖章都要心中有数。落款行文必须错落有致，留有透气之处。

（9）“正美”为中国书法第一美。唐人尚法，书法的精准极为重要。

（10）笔墨不可分，用笔犹用墨，用墨如用笔。意在笔先，笔随心到，便能知白守黑。书法本如此。

（11）书法可以修炼性情，字能养人，而非人在侍字。

（12）不会写小楷就不是书法家。小楷不是把字写小点就成，小楷最难，犹如清唱。

（13）为何要读书，读书能培养韵味。书法书法，有书才有法。

翰墨诸师论

港大书法文凭第九届课堂笔记精华整理（之二）

文妖随笔【2016.03.27】

港大书法Y老师有句著名的口头禅：“牛耕田不一定有成果，但牛不耕田就一定没有成果。”他的意思就是说，写书法如果不用脑，不参透，不感悟，一直死写烂写，只能是不断重复着错误。有时想想，也是啊，做任何事其实都是这个道理。有时，觉得上课不只是上课，书法亦不只是书法，还能学习修身养性，就像老师说的，也许人生这一辈子也就是这么几年的时间收敛下性情，要好好珍惜。

我们每个人的性情老师都一目了然。在第一节课里，十五个同学几乎都被他说中，所以，我们班的同学对他是又敬又畏，他上课的时候，大家都不敢说话。哪怕是资深学员对他也敬仰三分，他才不管你在外面是跟哪位名师，在他这儿都是刚刚入门的初阶者。他还有一句让我们听了都很不舒服的话，但又犹如警世箴言，如雷贯耳："谁要是夸你的字'劲'（好）时，就代表你玩完了！"所以，上课下课时谁也不敢夸谁的字写得好，但有时，背地里我们会偷看下老师在不在，听没听到，背着老师夸对方的字"劲"，彼此鼓励下。

同学们都最怕被其他同学夸"劲"，也最怕被老师听见，总会连连竖起食指"嘘"声不断，有一次被老师听到我们窃窃私语，他问："什么事？"我们连忙异口同声地说"没事没事"，想想也觉得挺好玩的。

笔记（之二）：

（1）中国人古老的"阴阳虚实"智慧应用在书法上就是"刚柔并济"这个极朴素的道理，也是"天圆地方"最好的辩证体现。一篇书法既有圆融又有方折，是最基本的笔法要求。

（2）做人其实和写书法一样，若只有方折便会刚劲而失度；但若太过圆融就会温敛而失品。欧阳询的楷书奇迹般地做到了两全其美，他的《九成宫醴泉铭》和《化度寺碑》为"唐人尚法"奠定了最早的书法法度和秩序。他的伯乐是唐高祖李渊，而不是唐太宗李世民。

（3）而比欧阳询小一岁的虞世南则是唐太宗的书法老师，他的《孔子庙堂碑》恭敬

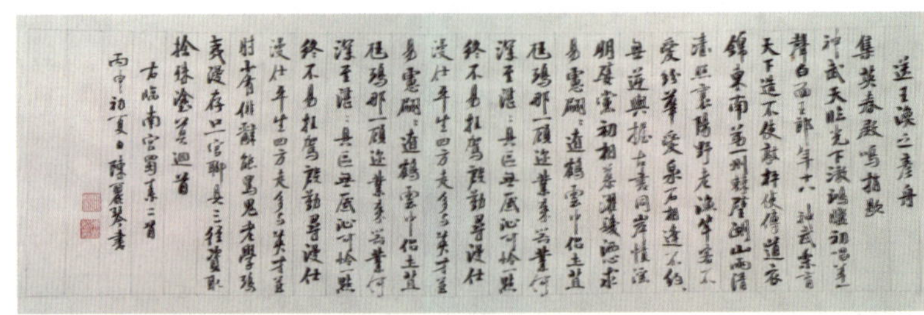

做人其實和寫書法一樣，若只會方折便會剛勁而不失度，但若太過圓融就會溫斂失品。

清雅，舒卷自如，为大楷精品。里面的“戈”字偏旁斜的弹挑沉稳，也是唐太宗最害怕的笔画，他每次都要把那一偏旁留给他的老师来写。有一次，他心血来潮把一幅写好的作品给魏征看，魏征夸他：“陛下总算把老师的功夫学到家了，仰观圣作，唯这戬字的戈法颇为逼真。”（我在想象唐太宗duang、duang 、duang的尴尬样儿）

（4）说到虞世南便要说下他的学生褚遂良，他不仅字写得好，而且喜欢直谏不讳，忠直可信，唐太宗临死前把太子李治托付给他。结果，因为褚遂良反对武皇后嫁给唐高宗李治，在武皇后接续朝政大事后，被逐出宫门，死于贬所。他的大楷《阴符经》有自创虚灵流动的道家朦胧美感，这在历代的大楷中是极为罕见的。

（5）颜真卿的楷书雄浑饱满，世人皆知。他的行书《祭侄文稿》和《争座位帖》历代很多书法家都认为它不亚于王羲之的《兰亭序》。魏晋时代的王氏尚韵风格和大唐盛世颜体的正气雄厚影响了宋四大家，直至今时今日。

（6）中国人称为“书法”，日本人叫作“书道”。法为法规，道为品性，所以，日本人的草书比中国人更好，因为它有随意之美，没有那么多的规范和框框，但又不是我们某些书法家追求那种“打打杀杀”的刻意渲染和矫情的做作。

（7）书法是追求一种内敛的含蓄之美，而不是“刹眼娇”，只靠外在的漂亮和浮华不会长久，最重要的是和人一样，要有内涵。明朝的王宠（王雅宜）小楷别具一格，它和当时成为规范化的管阁体主流截然不同，有种蓄势待发、呼之欲出的张力美感。

（8）日本豆腐和四川麻婆豆腐有何不同？一个简简单单的豆腐装在漂亮的器皿里，上面放几抹葱花，洒一点甜酱油，再佐上一点音乐。这就是简约之美，也是晋唐时期追求的含蓄之美，而非张扬之势。小楷就像千金小姐，不像大楷，如大将军似的不拘小节。

（9）书法如打太极拳。无往而不返，无垂而不缩。欲左必右，欲右必左。在意不在力，静中寓动，凝重古朴，藏巧于拙，必能体态雄浑，气象万千。

（10）“学而不思则罔，思而不学则殆。”这是中国古人最早关于学习和思考的辩证关系。单纯机械式的练习和完全冥想不操练都是不行的。牛耕田不一定有收获，但牛不耕田就一定没有收获。

翰墨诸师论

港大书法文凭第九届课堂笔记精华整理（之三）

文妍随笔【2016.04.10】

自从读了港大这个书法文凭班后，越发觉得书涯无边，只是刚刚进到门口，这样说一点也不觉得是自谦。就像叶老师说的那样，看完古人的书法真迹，觉得自己可以不要再写字了。但是，因为书法养人，可以陶冶性情之外还能拥有一颗不断追求进步的心，把美好的东西和人分享，也是追求一种幸福的来源。

老师说："人的性情刚柔殊禀，或拘谨，或纵逸，或严峻，或温润，或庄质，或流丽，或矜持，或轻率……经过后天的努力，可以平衡，不在于夸张地发展个人特殊的一面，奇突的一面，而在于取长补短，追求平衡谐和的性格完成。就像书论一样，圆而且方，方而复圆，正能含奇，奇不失正，会于中和，斯为美善。中国人的'过犹不及，中庸之道'的思想最为博大精深。中也者，无过不及是也；和也者，无乖无戾是也。"

書法的美是要表達一種不經意的自然率性之美。千萬不要做作，一作就假就俗。大巧若拙，天真率性，不激不勵不迎合，乃君子風範。

有时，写书法不仅仅是写书法，而是透过书法修身养性，把自己修炼到“中、和”的境界，要达此人生境界或许需要一辈子的修炼。我如今是把七成的时间用来写字，余下的三成分别用来运动、教书和阅读。幸好有家人的理解与支持才可以如此放纵地投入，喜欢书法的程度已经达到在梦里也能比比画画了。这是不是有点过了？看来还得继续修炼啊。

笔记（之三）：

（1）古人对写书法的要求通常是要做到：窗明几净、凝神静思、笔精墨妙、意在笔前。如果自己的功夫差，还要在乱得一塌糊涂的桌面上写字，心无法宁静，字自然也不会写得好。

（2）晋人尚韵。“韵”乃精神气韵的个人投射。王羲之可说是韵的创始人，他开创了艺术美的自觉时代和创作地位，加上唐太宗对他的崇拜，造就了王的书法历史地位无人可及。

（3）唐太宗是王羲之的“超粉”。一个睥睨百世的伟大君王，也只得用小人的欺骗手段赚得《兰亭序》，最后殉葬昭陵。他知道，万里江山可以易主，唯有文化经典不可再造。

（4）学行书的人不能不临摹《圣教序》。《圣教序》是由唐太宗亲自写序，由唐高宗撰记、由怀仁和尚一个个地从王羲之遗墨中去选集的刻石。从此，王羲之的黑白流动墨色永远定格在那里，成为我们后世学书的永恒坐标。

（5）王羲之除了著名的《兰亭序》，还给我们留下了很多名帖，如《快雪时晴帖》《姨母帖》《平安帖》《奉橘帖》《丧乱帖》。他最小的儿子王献之也给我们留下了宝贵的《鸭头丸帖》和《中秋帖》。这些帖子是越看越好看，越看越爱不释手，越看越痴迷。

书法爱好者没有临摹过二王，都绝不敢自称学过书法。

（6）学书者，必要“转益多师”，不能只学一家。王羲之在《题卫夫人＜笔阵图＞后》记载：“始知学卫夫人书，徒费年月耳。遂改本师，仍于众碑学习焉。”乍听起来，王羲之的语气有点自大狂妄，但不是没有道理。

（7）书法作字最忌平直相似，状若算子，上下方整，前后齐平。钟繇弟子宋翼常作此书，繇乃叱之。翼三年不敢见老师，即潜心改迹。“每作一波，常三过折。每作一竖，常隐锋而为之。”

（8）行书，行走中的书法，最能表现翩翩君子风度。即便是动感书法，也要写得沉着淡定，可以跌宕起伏，但也要很快恢复平静。有的人写行书，搞得跟要死要活，要打要杀似的，大起大落，还以为这样的行书就是好，很可悲。

（9）书法的美就是要表达一种不经意的自然率真之美，千万不要做作，一作就假，就俗。大巧若拙，天真率性，不激不厉不迎合，乃君子之风范。

（10）写书法不能随意写，要有笔法，不可信笔，但也不可以太矜意，斤斤计较。意为笔蒙则意阑，笔为意拘则笔死。要做到笔随我势，我顺笔性，两者相得益彰，字的妙处从此出矣。

翰墨诸师论

潘大书法文凭第九届课堂笔记精华整理（之四）

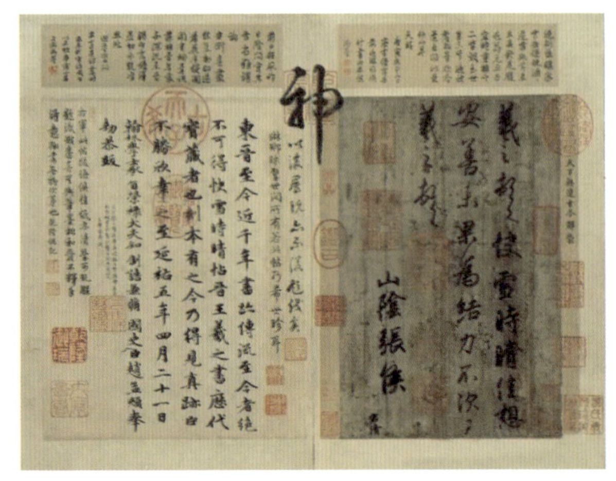

文妖随笔 【2016.06.05】

兴许是紧张的缘故，每次上课时写字，老师在我们的身边走来走去，我们都会写得战战兢兢，好像是一副完全不懂写字的样子，被老师评为“这样写字叫描字”。我试过写得很利索很得意的时候，又听到老师在边上说“能不能写得慢点，再慢点”。有时真是感觉无所适从，不置可否。但我们对老师又心服口服，通常我们只写几笔，老师便能指出我们共同的毛病和缺点，往往一针见血，击中要害，所以，在老师面前我们无处可逃，只能低头再低头，谦虚再谦虚，受教再受教。

上课时，我们写字的时间少之又少，三个小时的时间，除了中间 15 分钟的小休时间，写字的时间大约也只有 15 分钟（老师通常只叫我们写几笔），其余时间就是書法结字最重中宫收紧，方能八面出鋒。人亦有宫，宫為人心。一心一意貫御始終，做人亦不要三心二意。

听老师讲课，讲一些关于书法的、不关于书法的、哲学的、禅意的、听得懂听不懂完全要靠自己的感悟，回家琢磨临摹，不知不觉间，我们的字就这样写出来了。

笔记（之四）：

（1）学习书法的过程一定要经过对临、背临和意临。意临若是斤斤计较，只会沦于“低临”。意临就像弹琴，琴谱不必看得太清楚。意临时，甚至要把帖子倒过来置放。

（2）书法结字最重中宫收紧，方能八面出锋。人亦有宫。“宫”为人心，一心一意，贯穿始终，做人不要三心二意。书道也应该一以贯之，特别是落款也必须一气呵成，做到吻合书意，就像蜘蛛之网。

（3）董其昌在他的《画禅室随笔》里写道：“临帖如骤遇异人，不必相其耳目、手足、头面，而当观其举止、笑语、精神流露处。”通篇书法，神韵最重要。正如东坡诗论书法云“天真烂漫是吾师”。

（4）书法家未能学古而不变者。好的书法家妙在能合，神在能离，若哪吒拆骨还父，拆肉还母。所欲离者，非欧、虞、褚、薛诸名家伎俩，直欲脱去右军老子习气，所以难耳。“学我者生，似我者死”说的就是这个道理。

（5）画画和书法不同，画不可不熟，画须生外熟。但字须熟而后生，方为不俗。董其昌说自己的字和赵文敏（孟頫）相比，“赵书因熟得俗态，吾书因生得秀色”。暗讽赵书千字一同，如若算子。（自古文人便相轻，这也算是中国文化的一种奇葩，中国文人的一大特色）

（6）学完董其昌，Y老师派发苏轼的《记游松风亭》。说的是苏轼被贬到惠州时游松风亭的经过及所见所闻。以景抒情，慨叹人生哲理，反映苏轼傲视忧患、豁达开朗的精神面貌和随遇而安的生活态度。我差不多以为自己在上文学课。恍惚中，老师布置功课：请以董其昌“玄虚”之笔意书写苏轼之《记游松风亭》。

（7）用董其昌的笔意写王羲之的《兰亭序》，大家的作品都摊开在大书桌上，老师逐个点评：少了斯文淡定，缺少君子风度；硬朗太多，圆润不够；用笔不能太粗疏厚重，墨色太浓；字太跳跃，潇洒过度，神神化化；不是笔画长就显飘逸，而是通篇书意要飘逸、简远；篆隶厚重，书意需调节至秀丽、优雅，不能太硬太实太厚；秦汉之意不能取代晋唐之意；晋书不能唐写，这有点成了“唐式兰亭”的味道了；有赵孟頫的肥美俗态，少了晋唐书韵；落款不能太下坠，亦不能齐齐整整，有长有短会较生动，显出不经意之美；篇章虽有虚灵之意，仿明空间也多，但嫌留不住笔；宋代人不兴草、不兴楷，只兴行书，因行书最具君子风度；董其昌疏朗而不散漫，字如化上淡妆之飘逸美女，不可方物。

翰墨诸师论

港大书法文凭第九届课堂笔记精华整理（二五）

文妖随笔【2016.06.12】

《苕溪诗》是米芾中年时期的作品，以他的书写背景来推测，《苕溪诗》中所指的苕溪应该是在浙江境内的一条河流，由天目山发源流入太湖的一条河流，河流不大，但涓涓细流延绵不断。那时是元祐三年八月八日，秋天的苕花纷纷盛开，夹岸的花朵飘散在水上如飞雪，极为旖旎壮观。相信米芾当时书写的心境一定非常畅快，可谓春风得意。

都说机会是给有准备的人。美景当前，想必学古有成的米芾自然是不放过这样好的机会，我猜想他当时一定是创意涌现，挥洒自如，才能做到让这件精品点画揖让，楚楚有神，特别是他细腻的笔法转折、微妙的穿插和欹侧多姿更是令人叹为观止。米芾在《苕溪诗》中的方圆用笔极为别致，如“松”如“夏”，圆转处稳健雄厚，那時秋天的芦花紛紛盛開，夾岸的花朵飄散在水上如飛雪，極為旖旎壯觀。相信米芾當時書寫的心境一定非常暢快，可謂春風得意。

气势浑雄，颇有颜真卿的风韵；方折处果敢迅疾，意趣天然，如“宫”如“公”；仅一个字里的藏锋露锋变化都十分明显，几乎是信手拈来，如“去为秋”；强烈的提按变化也是米芾的另一特点，几乎笔笔都有，这种节奏感似的旋律使得他的字更有了天真烂漫的动感姿态，令后世书者如痴如醉，向往不已。

我把米芾的字给我家先生看，他说这字好在哪儿真看不懂，不懂欣赏。但一听我说单是他的一幅《研山铭》早在 2002 年就被北京故宫博物院以 2999 万元拍得，收为馆藏。他立马眼睛一亮，刮目相看，差点连眼镜也掉下来了。

我不是米芾，写不了他那样的八面出锋。但我真心喜欢他的结构创新和动感欹侧之美，并沿用他之前学过的“颜体”捺脚，如我书写的“采”和“水”，愚愚钝钝的感觉更生朴拙。我的“限”不同米公书体，不是因为我比他棒，但我也尝试在创新字体的空间美。还有我的“公”字，因一时写得太得意而留不住笔，忘了米公精彩的那一方笔。既然已经写下去了，世界上也没有后悔的药，再说也不是很难看，尚且将就了。我想，若是让老师点评，他会说，明知写不好，为何不重写？老师只知其一，不知其二，洛阳纸贵啊，这些从内地带回来的纸卡已越来越买不到了。

翰墨诸师论

港大书法文凭第九届课堂笔记精华整理（之六）

安妮手书王铎之行书《峨眉山诗帖》部分

安妮随笔【2016.08.07】

书法是苦行僧。一个人、一支笔、一张纸、一盏灯、最多再一杯茶、一有时间就不停地写啊写……写累的时候，停下来，休息一会儿，看看天、看看海、看看花，然后还是看书法、看笔记、读帖子。

有时候，满心欢喜地带着老师布置的功课上学，希望能得到老师美美的赞赏，且不说老师没有赞赏的话语，有时，还要被老师说几句忠言逆耳的评语，心里不禁也会失落和嘀咕：写书法真是“拿苦来辛”啊！被老师听到，他也不反对，而且还认同我们。他说我们再怎么写，也写不出第二个王羲之和米芾，包括他自己。

可是我们为什么还乐此不疲呢？相信也只有“同道中人”才能感受和领悟那一份“苦并快乐着”的愉悦罢。

書法如美女。有的美女驟然望去，有霎眼之嬌，经不起耐看。真正的美女須要有品味，越品越美。

笔记（之六）：

（1）老子说，万物负阴而抱阳，一阴一阳之为道。写字也要虚实相生，虚得来要正紧，实得来又要虚玄。书法最难的是写大字要紧密无间，写小字要宽绰有余。书法本如此，古人用心处，须处处皆留意。

（2）行书像春天般的杨柳，微风拂拂，不急不厉。写得急促时要留得住笔，如野马勒缰。中间适当加插一两个楷书，方能钳住平衡通篇章法。不要动不动就连笔，太溜滑只会显得矫情和媚俗。连笔姿势不应该没有，但要做到笔断意不断方为高明。

（3）我们生活在俗世中，不得不要积极入世投入成就一番事业。很多人都会在入世的生活里寻找一份寄托，暂忘滚滚红尘，逍遥自在，好好出世一番。翰墨也是一种精神寄托，写字时，若能做到苏东坡说的那样“如脱钩之鱼”，想必也已经得到暂时的出世和解脱了。

（4）“横看成岭侧成峰，远近高低各不同”，一幅好的作品横看竖看左看右看都要做到能经得起细看、耐看和推敲，方为上品。书法像美女，有的美女骤然望去，有“霎眼之娇”，经不起耐看。但真正的美女必须要有品位，越品越美。

（5）根据作者的书意加上自己的领悟表达在作品里，才是自我的书意，你学到的技法才会有意义。否则，就成了匠人一个。“笔迹者，界也；流美者，人也。”写字不是目的，守住空间才是目的。一定要记得“知白守黑”，记得，重要的事情说三遍。

（6）宋代是中国文化开放的时代。加上个人的情感表达，于是有了“宗尚意”的说法。宋四家的字各有千秋。苏轼画字，信笔而来显为趣；黄山谷描字，有意为之显为韵；米芾刷字，八面出峰显为姿；蔡襄勒字，意韵无穷显为淳。

（7）墨分五色：干、湿、浓、淡、枯。特别是宋代，润超乎其五色之上。写字时“用笔如用墨，用墨如用水”，对笔和墨都要有自我的理解。墨太淡，书法显得无精打采；墨太浓，又会变得死板呆滞。这中间的把握还是要自己根据作品的需要，领悟斟酌。

（8）写字需要有一个过程，但最重要的还是米芾学书的“得趣”之说。他的“放笔一戏空，意足我自足”是古今多少书家追求的一种学书境界。但这个“放”字不是随便乱放，必须要建立在广博集古的基础上。就像米芾说的那样，从“集字”到“刷字”，不知何以为祖也。

（9）直幅书法讲究纵向一泻千里之美感，即使落款也不能有横向之意。若字的结构拉长，字与字之间的距离又松散，通篇书法便会显得疲沓无力。另外，留意直幅书法的装裱左右最多留有2.5寸，上下天地也要平均，最多留三分之一的纸张。

（10）书法也是一种艺术，艺术必须要有自己的个性。我之为我，我有我在，不可人云亦云。人有之，不必有；人无之，不必无。书法和艺术都要讲究“自我”的性情。自我的当下，完善与不完善都不重要，重要的是，你已经在当下。

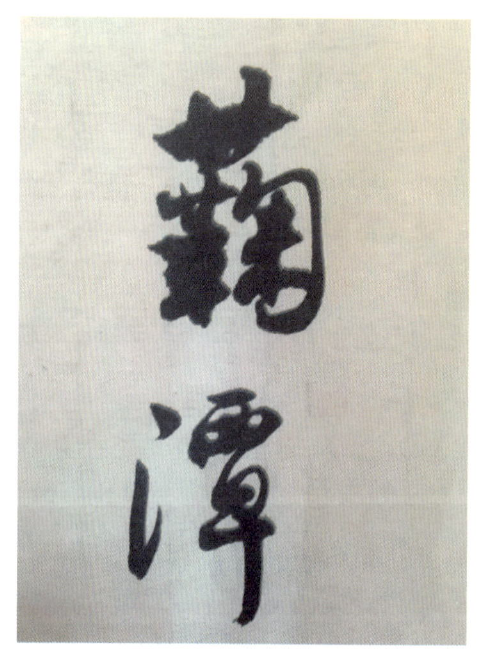

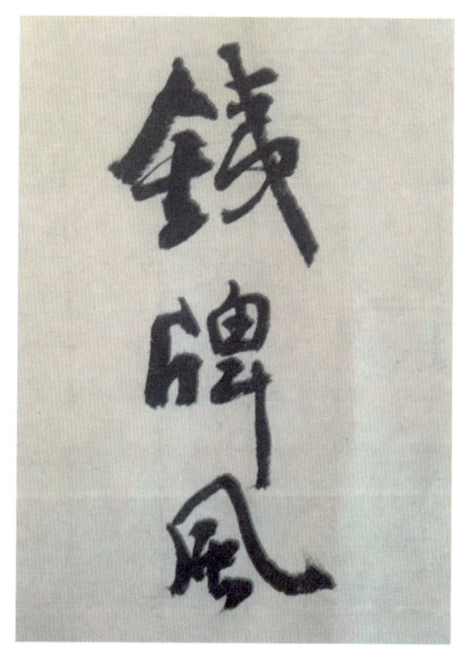

安妮手书王铎之《草书杜律卷》局部放大

翰墨诸师论

港大书法文凭第九届课堂笔记精华整理

（之七）

安妮随笔

【2016.10.23】

书法与人生能有什么关系呢?

周五八号台风来袭。全港停课，我也停课。刚好可以趁着今天这个闲适的日子整理一下书房和日久落下的功课与笔记。

港大前期的书法课程（魏碑、小楷、行草）已基本结束。接下来将要学的是篆隶和篆刻。以前学过一点篆隶，但篆刻则丝毫未接触过，加上最近手指关节疼痛，真不知道自己是否还有能力继续学下去。

有时也缘于“元泰茶生活”有“安妮随笔”这个任务，可以让我在没有灵感的时候，把港大的书法课堂笔记整理整理权当凑数，今天已经写到第七篇了。如果还能继续坚持学习，应该可以写满十篇，也算是对自己一个完美的交代，将来可以回读再回读。

上星期六，我们诸同学都带着临摹和仿作的王铎作品回寫字要淡定，像士大夫那樣走得風牆陣馬，而不是跳來跳去，胡亂連筆，如秋風掃落葉似的。字的跳躍、連貫和穿插都是意念的認知。只要能表達其中的意便已足夠。

校让老师点评批改。我总是首当其冲地“丑媳妇见公婆”，好坏都是第一个。本女子的书法就像老师说的那样，反正“左也是一刀，右也是一刀”，豁出去了！可能是前阵子去了美国半个月陪儿子，加之老师只教我们王铎行书，我自己心急自学临摹了王绎的好多行草和草书，于是写出的字就像“秋风扫落叶”似的，再加上篇章的大胆尝试，结果得来老师点评：字写得还算灵活，可惜章法要被扣去一半的分数！

为了谨记老师对我们章法的点评，我必须赶紧记下来：

一、一幅作品若是左边有落款，左下角就不要再画蛇添足，即便是作者的心情表达也是如此，否则整个章法会感觉平面；二、整篇的上下左右都要注意知白守黑，做到上挺下紧、顶天立地、左右留白也要刚好，作品下面的字不能太飘；三、行与行之间、字与字之间都要留意行气之疏朗密实；四、字要写得淡定圆厚不能太跳太连，否则会影响上下左右之间的关系；五、写字要淡定，要像士大夫那样走得风樯阵马，而不是“扎扎跳”；六、字的跳跃和连贯或穿插都是意念的认知，只要能表达到中间的“意”就已经足够，再多就是做作。

“纵势而能敛，而势却不尽”，古人用心处，真是要好好揣摩，表达作品要能收敛才行，而不是一味地放纵，就像做人的道理一样。说到底，“知行合一”才是正道啊！

翰墨诸师论

港大書法文憑第九屆課堂筆記精華整理（之八）

戈妏隨筆【2016.12.10】

老师说，对于王铎这位书法家不是每个人都会喜欢，特别是有书卷气的人更会加以排斥。我自己本人对他的某些作品蛮喜欢，譬如《听颖师琴歌》和《再芝园诗轴》。但有的也不能算是排斥，因为还没到那个高度，只能说是学不来，譬如《书画虽遣怀文语轴》等。

不管如何，王铎短短的几节课很快就上完了。上回提到自己的《王铎评分功课——仿写苏轼定风波之莫听穿林打叶声》虽然只是拿到 B，但老师在上海时却告知成绩优等，不知是不是那晚他红酒喝太多了，心情极好就顺便表扬鼓励了一下。惆怅过后还是得面对现实，关于老师对诸同学的评分功课节录以下。

因为学号为 1 号，所以每次最开篇的总是对我的评语：书意紧密节奏贯通一气呵成，但落款尚欠紧凑，且落款不宜太长，否则会显得整个章法太过平面。若是以个人风格来说算是不错的作品，但以王铎的功课来看就欠缺王的字意，要再多临摹王铎作品。

接着就是对其他同学的评语，我也做了笔记以日后借分數不是最重要，面子也不是最重要。重要的是我們的學習過程。就像我們的人生，結果誰也不知道，但這中間的過程，我們領悟了多少，又真正享受了多少。

鉴，避免犯同样的毛病。

笔记（之八）：

（1）书意太过豪迈，字自然大，但是空间多且松散。

（2）方圆本身不是问题，但要自然过渡，章法差。

（3）字与字之间要再紧凑，到写篆书时要更加留意“知白守黑”。

（4）大幅书法最重要的是字与字之间的关系要紧凑，写字也要始终如一，把头三字和落款的后三字作比较，看看是否能贯通如一。

（5）壁上观尺寸不是太重要，不是大就是好，重要的素质：豪迈，健朗，阳刚，疏密和浓淡的对比要好。

（6）王铎书法颜意太多，中宫不够收紧，字字都那么大，便无显大小之分。

（7）章法饱满但太饱满，作品上下部分不能上紧下松或上松下紧，否则书意矛盾，所以字写好后，一定要挂起来看宏观是否协调配合，不行就要重写。

（8）落款最后的三个字不能像爬楼梯那样平行。

（9）字的雅正有余，但沉着太多，豪迈不足。

（10）落款可以再歪一些，正邪相生，线条太多平均。

（11）王铎字的姿态有，但彼此间的关系没有。

（12）字与字的空位太多，落款两行也不够密实。

老师之所以是老师，就是因为他的评语总是一针见血，指出我们的毛病所在。我特别欣赏他的公开讲评功课，分数不是最重要，面子也不是最重要，重要的是我们学习的过程。就像我们的人生，结果谁也不知道，但是这中间的过程，我们领悟了多少，又真正享受了多少？

翰墨诸师论

港大书法文凭第九届课堂笔记精华整理（之九）

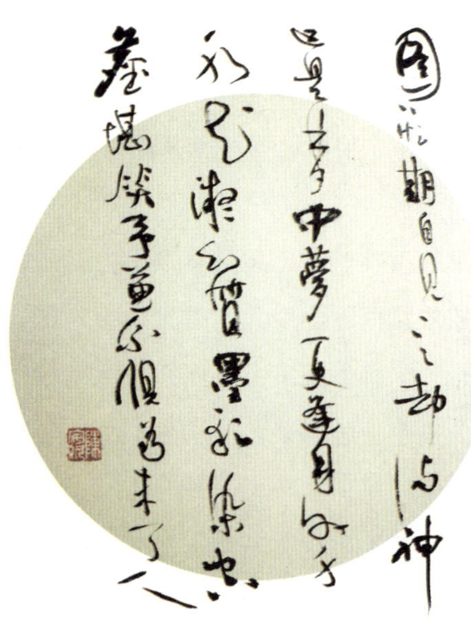

文妍随笔【2016.12.10】

隶书的汉碑讲究沉着、厚重和饱满，但厚重不代表用墨太黑，那样会显得呆滞，用纸也要相对厚实不易破裂，罗纹纸不宜用来写隶书，纸太白不够黄未能显出金石味。隶书的章法注重行与行之间的距离要紧密，列与列的距离要疏朗。汉碑字体很容易写得拘谨木讷，因此，不能每个字都写成一样大，每一行字也不能写得一样高低，必须有些错落。若每个字都写得一样大一样正或一样齐，整篇章法会令人感觉太平面，显得没变化，但如果刻意安排拼合得太久又会显得做作不自然。整篇章法左右两边不能留有太多空位，若字与字之间的空间大，那么行与行之间就更应紧密，否则会更显得松散无神。隶书的字也必须是中宫收紧，所谓“大字难以结密，小字难以疏朗”，结密处要够大胆，逼得紧又要保留空间的气息。汉碑的字不宜写大，大则显得粗糙，大而无当。临摹时原碑可能没有字与字、行与行的关系，但自己要留意通篇整体关系。

隶书的蚕头燕尾之尾最具爆发力，如同一个大家族里坐镇的老佛爷。隶书的捺不能笔笔雷同，会令人觉得太死板规范。写隶书和篆书最好要画格子，“笔迹者，界也”。壁上观隶书可用开叉笔写得豪迈一些，宜四行十二列，后面数格落款。斗方或手卷显精深之美，格式以六行七列留两格落款为宜。

《石门颂》因刻在石头上，所以颇具天然古拙之美，它的笔锋讲究中锋，以篆书的用笔写出隶书的字体。用笔不能太过沉实，但不是指要用沙笔，而是在提按顿挫之处体现出转化为虚的立体感，线条非铁线篆，要会通气。用笔方中有圆，字形方而扁，左右开张，自由飘逸。字的线条似震非震，似直非直，似横非横。落款处要留得住笔，不能一泻千里，即便豪迈也须深沉。汉碑文字本为务实之文字。

凡书贵在沉静，“古雅清高”本为士大夫之气质。

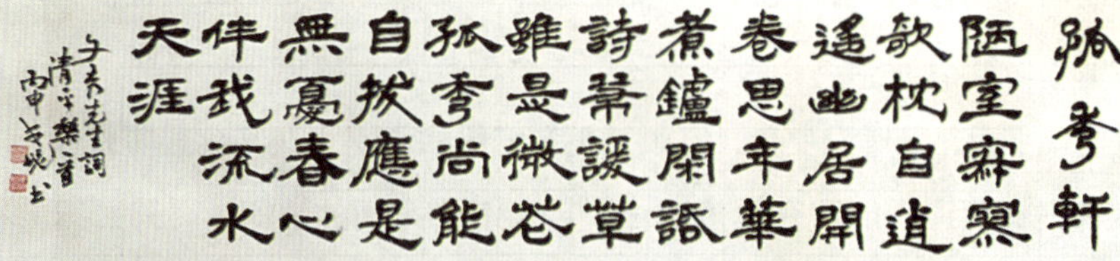

翰墨诸师论

港大书法文凭第九届课堂笔记精华整理（之十）

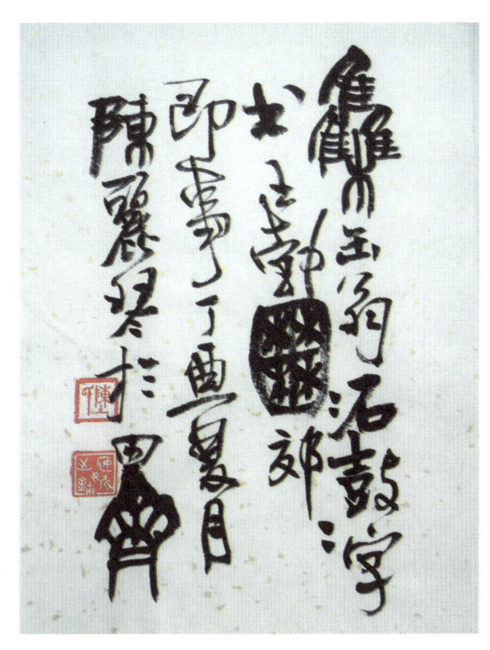

文妍随笔【2016.12.10】

之前的老师不教篆书，他们都说篆书很简单不用学习。所以，在我的心里便一直有这样先入为主的观念，以为篆书是最容易的书体，才放在最后的学习阶段。直到跟港大的老师正式学习了篆书才完全颠覆了之前的想法。原来篆书写得好也是相当的困难！于是，接下来，在整个的篆书学习过程中，这个章节花的时间是其他书体的好几倍！特别是见到班里的师兄师姐们个个都写得那么纯熟老练（原来大多数同学都有着写篆书好几年的书史），我更是心急如焚，寝食难安，唯有苦练，梦里醒来全都是篆书、篆书、篆书！皇天不负有心人，终于在此课程完结之时，以石鼓文体写下了《唐王勃·郊园即事诗》，或许是叶老师从我的字里行间也感受到我的刻苦用功，赐给我一个 A– 的成绩。那篇作品我应该可以写得更好一些，用一张大一点六尺对裁的宣纸，那样墨色就不会感觉太过厚重，这也是老师指出不足之处。

笔记（之十）：

（1）写篆书和隶书一样必须要画成或折成高身的长方形（尺寸宽和高的比例在 2：3），左右的字才能有关系。如果按正方形或扁形的格式写，左右的字不但产生不了关系，还会显得松散无章法。

（2）秦之前的文字包括甲骨文、夏商西周春秋战国时期的文字皆为大篆，秦始皇统一以后的文字为小篆。小篆又称秦篆（斯篆），是秦始皇统一后经过丞相李斯整理的一种通行文字。它结字端庄平衡对称（包括左右圆弧形的倾斜对称），上紧下松笔画圆润，圆起圆收，线条流畅，方中寓圆，圆中有方，具中和之美。它是中国汉字发展的一个重要里程碑。它传世的代表作有《泰山刻石》残部和《琅琊台刻石》拓片，皆为李斯所书。

（3）《泰山刻石》为秦始皇东巡泰山而立，丞相李斯所书之“颂秦德”文字，唐李

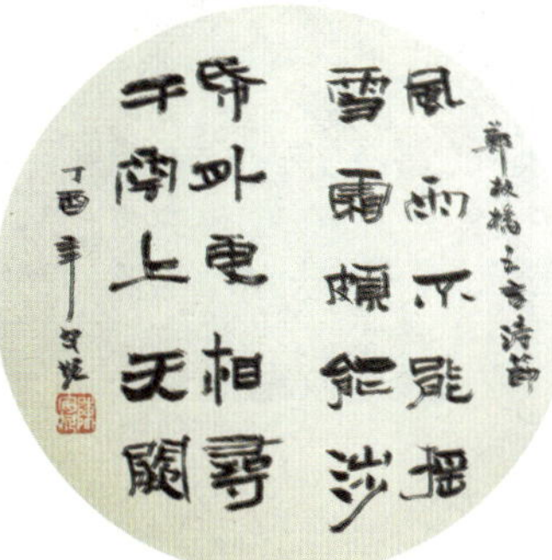

嗣真云："李斯小篆之精，古今绝妙……亦是传国之遗宝。"所以，写《泰山刻石》必须具敬畏之心，心要敬笔要敛，但敬畏不等于战战兢兢、鬼鬼祟祟，要持着一种敬畏的气度，但也不能写得太死板太粗实。

（4）写完的作品要进行托底的步骤才知道墨色的好坏。想要墨色好，最好是自己研墨，墨汁的胶性不够是托裱时跑墨的直接原因。同样一幅作品有托底和无托底，显现出来字的清晰浑厚效果真是差之毫厘，谬以千里。

（5）一件过的作品与其一次过通篇写完，还不如分开四屏，乃有士大夫风范。一件过的作品有如一大堆士大夫乱七八糟地凑在一起，无规无矩，顿失清朗气度，只能属于低级士大夫之流。

虽然斯篆没有考核课程，但我照着老师的教导把《吴让之·篆者宋武帝与臧焘敕节临》功课拿给爵哥托底，效果果然相当不同。那一堂课，大家都展示着托底的作品，和叶老师的作品一起展示在白榜上，满室顿时生辉，幅幅作品挺直俊秀，相当尔雅。

翰墨诸师论

港大书法文凭第九届课堂笔记精华整理（之十二）

安妮随笔【2016.12.10】

很多人都会觉着看不懂的书体才神秘好看。其实这是一个假象，比如篆书和草书，因多数人都看不明白。有很多篆书和草书，即便我们书法爱好者写过也会过目就忘，甚至也不懂那是什么字。但老师说不必懂每个篆字，只要掌握了它的笔法和结构就好。事实上，篆书和草书一样，写得好与坏真是天壤之别。以前尚未开始学书法，跟着一个老师学画画。那时候，觉得他很厉害，什么体都会，崇拜得不得了，如今再看，终于知道什么叫“描字”。说到篆书，我们国人只是觉得它神秘但不实用，所以习者还是少数。相反外国人学习我们中国的书法，偏偏是从篆书开始。

篆书为秦代书体，现在除了用来作篆刻字体外，已不大为人所熟悉。但由于它具有特别的形态魅力，还是

受到很多书法爱好者的追捧，如甲骨文、金文那样原始自由拙朴的大篆和讲究格调工整严谨的小篆。

篆书的发展直到清代邓石如（完白）、吴熙载（让之）和赵之谦三人，一改前人篆书的书风，并为篆书创作特有的笔法和风格：邓石如的深沉豪迈、吴让之的洗练飘逸和赵之谦的动感宏健，使得篆隶书行草化，富有情趣艺术之美，也为清末民国时期的吴昌硕（俊卿）之率意书写奠定了基础。

艺术贵在创新，唯其如此才能被人喜爱和流传后世。吴昌硕先生便是一位“与古为新”开宗立派之海上画派的领袖先锋。其楷书初崇钟繇、王羲之、颜鲁公；行书学王铎，后融欧阳询、米芾于一炉；隶书从唐碑入手，后专司汉碑，他的篆书于《石鼓文》功力最为深厚。他在六十五岁时自提《石鼓文》临本说：“予学篆好临石鼓，数十载从事于此，一日有一日之境界。”他的《石鼓文》在“斯篆”的基础上，融入清人三代（邓、吴、赵）的古意，流芳百世。

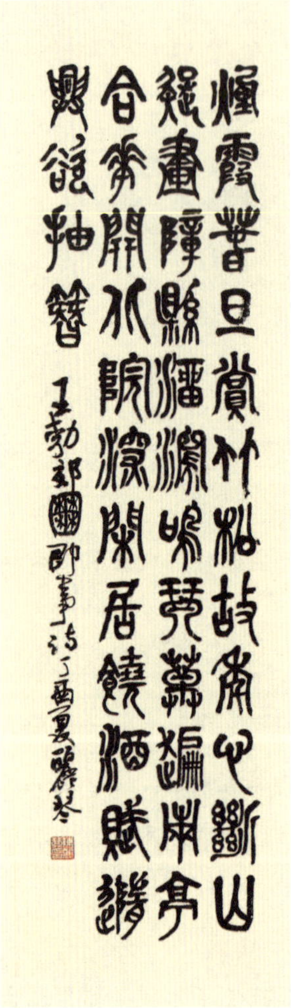

他还是西泠印社的首任社长。为保存金石、研究印学作了很多卓越的贡献，受到海内外印学家的仰慕。《西泠印社记》为先生七十一岁时所书，书中记述了印社成立的经过及缘由，同时也论述了印鉴的意义。文字优美，笔墨酣畅，从字体上看，虽属小篆范畴，但他以石鼓大篆笔意、草书的笔势和隶书的趣味，信笔写来，情意古雅，遒劲浑厚，别开生面，可谓“人书俱老”。

笔记（之十一）：

（1）我们写吴昌硕的《石鼓文》必须要在熟练的基础上写出它的凝练、老辣、豪迈和自信，它的字体颇为厚重，但不代表呆滞，须有虚实笔的变化。

（2）字的结构不能太死板，线条不能太平直，要有粗细之分。

（3）字间距离要密，行距较疏朗。若是写对联，左右两边的字要均匀对称，字数弗能相差太多。

（4）篆书最难在风度，字太多要用六尺开二的纸书写，否则墨气太重。

（5）落款字不能太大也不能太小。太大喧宾夺主不协调，太小头重脚轻失去平衡。书法强调的“中和之美”不仅表现在作品本身，还有落款也必须一气呵成，它的字体不能比内容本身更为跳跃。

翰墨笔记写了这么多，突然有种感悟：看似寻常最奇崛，成如容易却艰辛！艰辛得很呢！

翰墨诸师论

港大书法文凭第九届课堂笔记精华整理（之十二）

文妖随笔【2016.12.10】

“篆刻”是港大书法文凭课程之最后一部分。也许这辈子从未想过自己会学这一门功课，但面对成绩考核之一，不得不面对学习。毫无根底的我只好笨鸟先飞，报读了邓昌成老师的散班（也属于港大进修学院举办的周二上午散课），以免到了正式上叶民任老师的课时毫无头绪，手足无措，又会像学篆书那样看着别人干着急。

最记得第一堂上课时，邓老师点完名开始用投影仪讲课，讲篆刻史的发展源流等概况。他特别提到“篆刻”不是“刻印章”，后者只是一种工匠，真正的篆刻必须融入书法的笔意和审美的设计。讲完就让师姐教我们怎样磨石，用雁皮纸双钩上色倒石，然后要我们自己拿篆刻刀刻“仁”字的朱文，我拿着刀呆呆地看着老师无从下手。邓老师微笑鼓励地走过来说：“不要害怕割到手，若方法正确手就不会被割破。你必须从第一刀开始。”说也奇怪，就这样顺利地进入了篆刻的小天地里，而且越来越享受它微观的精美。到后来邓老师还给我起了一个绰号叫“爆破手”。

说起“篆刻”，那是在极小的方寸之间，不管是朱文还是白文，用籀文或谬篆通过分朱布白的手段，取得疏密参差、离合有论的高度艺术观感，成了中华民族瑰宝的一项伟大艺术。它最早由实用而产生，到了秦又扩大为当权者表征权力的法物，汉代时“汉印”的繁盛可以说到达顶峰，再后来便逐渐发展为美的欣赏。汉印的成就，可以堪比唐诗、宋词和元曲，奇峰突起，在中国文化史上写下光辉的一页。

叶老师的篆刻课程从文人用印开始说起，元代赵孟頫融入书法的元朱文“松书斋”具有圆润留美的线条；明朝的文彭（文征明之子）“七十二峰深处”，何震（文彭学生，亦师亦友）“笑谭间气吐霓虹”开始有方折无边之韵味，再到汪关汉印的工整标准和雅静；浙派西泠前四家（丁敬“豆花村里草虫啼”，蒋仁“香南雪北之庐”，黄易“覃谿鉴藏”和奚冈）多了金石阳刚残破之拙美，加上利用冲刀加切刀显出书法抑扬顿挫的铿锵之美；邓石如（完白山人）的邓派（皖派）和浙派形成了一柔一刚的对比，他著名的“江流有声，断岸千尺” 篆出了他大江大河的胸襟气度；晚清的吴让之（邓的学生）“砚山”篆印线条饱满圆润，外方内圆君子风度，可谓是海派的老祖宗；明初的赵之谦“会稽赵之谦印信长寿”方寸之间，疏能走马，密不透风；清末民国的吴昌硕“俊卿”用破边借边加强厚重效果，黄士陵（牧甫）“梁麟章印”几乎满白，线条冷峻，形成当时一个“北吴南黄，一石一金，一豪迈一冷峻”的说法；黄士陵之后有广东、香港一代的邓尔雅、冯康侯、邓昌成（我们的尊师）；同期江浙一代有齐白石、来楚生、陈巨来（皆为我们的师公）等。

我们主要学的是汉印和秦玺。汉印的字体大都方正肃穆饱满，和董其昌、王铎同期的“汪关汉印”是学习重点，“善道”和“赵俶”是他的汉印风格。汉印具有工整典雅、恬静秀美、印风明快、富丽堂皇的特征。

篆刻和书法一样，必须经历从形到象到意——量变到质变的漫长过程。张大千曾经写信激赞陈巨来：“巨来道兄治印，珠晖玉映如古代美人，增之一分则太长，减之一分则太短，钦佩至极。”

篆刻，方寸之间，气象万千。

福州
有福之人
丁酉母親節
麗琴篆

教學相長

我終於知道為甚麼會如此在乎你，因為從你身上看到十五歲的我，所有的青春都有相似之處，不同的只是隔着歲月的兩端，我在這頭，你在那一頭。

他想當作家

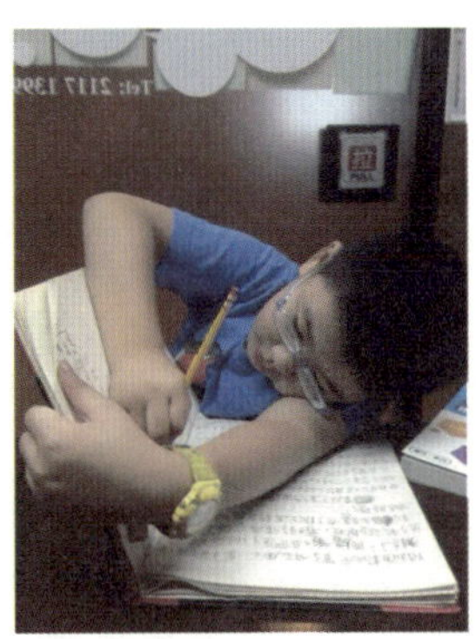

文奴隨筆 【2016.07.03】

沛霖是我们补习班的“作文小王子”，也是卫理小学的高才生。不论是校内还是校外的作文，常常都被老师们贴堂。平日里，阅读和文字就是他学习之外最享受的天地。只要题目一拿到手，不用三分钟，就能下笔如有神，洋洋洒洒常常千字文。放完暑假，他就升读四年级。

《善良的她》是他小学三年级的作文。除了写得稳和准之外，还能这么真诚无伪率真，特别是中间那首改编的拟古诗为他加了不少分。他说长大的愿望就是要当一名作家。

这篇作文原本是今年本地中一的其中一个考试题目，但很不幸，很多人都写离题了。不是写成母爱，就是写成乐于助人。我尝试让每个学生都写这个题目，没想到，很多人都不知道要写什么内容，有的人甚至杜撰五花八门假大空的内容。莫非我们身边真的没有“善良”的人可写？还是，我们连这点观察力都变得越来越匮乏了？

善良的她

当我每次看到那张摆在书架上的照片时，就会禁不住想起那位善良的她……

她叫倬婷，是我幼儿园的同学，是我的老友记。我们玩得很要好，所以她经常被人笑称是我的“女朋友”。

我喜欢和她做朋友，因为她很善良。有一次，我和同学打架，她便劝阻我不要这样，打架会让大家都受伤。因为她的劝告，我和那位同学很快就和好如初了。还有一次，我去她家玩，不小心打破了一个杯子，我吓得不知如何是好，可是她一直安慰我，还担心我的手被玻璃割到。因为她的安慰，我感到很温暖。在幼儿园的最后一年，我和她在图书馆看书，我们同时看中了一本书。她对我说：“沛霖，你最爱看书了，还是让给你看吧。”她总是这样关心别人的需要，她的心地真的好善良。

快乐的时光很快过去。转眼，我们各自升上了小学。虽然很少见面，但我们的妈妈偶尔也会带着我们去参加嘉年华会。去年的暑假，她突然打电话告诉我要移民去澳洲了，想我也为她送行。临别时，我写了一首诗送给她：

赠倬婷

倬婷乘机回悉尼，
忽闻凤凰踏歌声。
万里长城长万里，
不及沛霖送我情。

我望着她远去的背影，心里十分不舍。倬婷倬婷，有你这么善良的“女朋友”是多么的幸运，之后我再上哪儿去找啊？

——沛霖

我們這一班

戈妖随笔 【2016.04.17】

谁说当老师是没出息的职业？当老师既单纯又快乐，不易受到外界的污染；当老师的人特别容易知足，看到学生的成长和进步会有成就感；当老师要不断追求自己进步，否则怎样鞭策学生？“学，然后知不足，教，然后知困”，这种教学相长的关系和成长也许是我一直喜欢追求的状态，一辈子都和学生一起成长，好像自己从未老过。

只要你愿意，每个人都能开出一朵灿烂的花儿。只是颜色不同、花香各异，各有各的缤纷，谁也不用羡慕谁。

学生菖仔在他的作文写道：“眼看小学就要毕业了，一想到自己将要离开这待了六年的校园，就会有种莫名想哭的冲动。好不容易才和老师、同学们混熟，如今却要分开，心里十分的不舍。” 我也有同感呢，一条战壕里爬出来的战友，一个校园里滚出来的同学感情就是不一样，要不，怎么会有那么多的老同学微信群呢？

學然後知不足，教然後知困。這種教學相長的關係和成長也許是我一直喜歡追求的狀態，一輩子都和學生一起成長，好像自己從未老過

你的梦想有多大，你的行动就有多远。在追寻的路上，也许会遇到很多的障碍，但也会邂逅美景，想想都觉得兴奋。

学生贤女在她的作文写道：“我终于体会到什么叫‘有福同享，有难同当’的意思。今日放学后被老师罚捡球场上的垃圾，我的同学们本可以不用陪我，但她们很够意思。她们留下来陪我一起捡，默默地捡，我觉得这件事很有意思。”这种似曾相识的情景让我也感到很窝心，谁说“友谊的小船说翻就翻”？

我们的生活往往没有那么多的惊喜，往往等待的时候较多。所以，还是要学会静静地等待、好好地忍耐。

学生雅雅在她的小作文写道：“我的同层楼里一共住了六伙人。他们每家都有自己特别可爱之处。A 单位的孪生姊妹琴拉得特别好听，每晚一到九点整，就能听到她们悠扬的琴声飘荡在夜空。B 单位的哥哥是一位爱打鼓的胖小子，他很爱笑，特别是见到胖胖的我。可惜他已经去了英国读书了。C 单位的一岁半小男孩不太会讲话，却又总爱依依啊啊地说个不停，东张西望，十分有趣……”雅雅，老师很羡慕你，我同样住在一个楼道二十多年了，却不知道他们每家有何特别之处，只有例行的点头微笑和打招呼，对于生活的这种敏感度，和你比起来，感觉很惭愧。

我终于知道为什么我会如此在乎你，因为从你身上看到 15 岁的我。所有的青春都有相似之处，不同的只是隔着岁月的两端。

小息时，我请同学们吃他们最爱吃的波子汽水及糖果。不明白他们为何非要把糖果咬得那么响亮，像放鞭炮似的哔哩吧啦，对于有声音敏感症的我，实在是一种折磨，像有万只蚂蚁在扰心。可是看着他们吃得那么起劲，实在不忍心打断他们这样短暂的“甜蜜时刻”。有时候，也请他们吃我做的面包，他们不但不领情，还会说：好难吃啊，老师。你们知道吗？老师的心好痛啊，不过只有 5 秒钟。

小孩宁愿被仙人掌刺伤，也不愿听大人对他的冷嘲热讽。

有一次，和我那聪明又淘气的永安侄女在视频上课，谈起谨慎交友的问题。要“近朱者赤、近墨者黑”，告诫她要远离损友、坏朋友。她问我：“姑姑，什么是坏朋友，什么是好朋友？在我看来，大家都是好朋友。”我被她说得默然无语。想起《小孩不笨》里有一句话是这么说的：坏小孩被放在不对的地方，就是垃圾，放在对的地方就是资源。所以，我们不要随便去论断谁该是好小孩，谁又该是坏小孩。我们不也是曾经，甚至一直这样好过、坏过，坏过又好过地成长着吗？

当我为你歌唱时，请别挑剔我五音不全。当我为你写诗时，请别嫌弃我言语乏味。当我为你跳舞时，请别嘲笑我四肢僵硬。请告诉我，只要是我为你做的一切，全都令你感到幸福。

我们遥远的初一三班

文妖随笔【2015.07.25】

从 12 岁那年我们在一起读书至今，一晃近 30 个年头。我们班里大部分的同学都属马，所以这个班的同学大多是热情洋溢且自由奔放的老马。这次久别重逢的大聚会，我们这些老马聚在一起依然嘶嘶鸣叫，昂首翘望，时光好像倒流回 1978 年……

虽然我只和初一（3）班的同学待一年，初二被调往别班，但是好多同学的趣事都历历在目。由于我那时个子矮小坐在前排，所以中排以后的同学和后来调进来的同学都不是太熟悉，但还是想借着这次聚会把我尚有的记忆写下来，那是我们最纯朴的时光。

班长涛涛那时算“娇小玲珑”，坐在最前排，虽然他个子小，但总爱出头为同学们排解纠纷。这次见到他，已横向长成瓷实的四方块，身子板笔直笔直的，我调侃他像部队的团长，洪亮的笑声如排山倒海爽得不得了。他最爱唱《涛声依旧》：

我們班裏的大部份同學都屬馬，所以大多都是熱情洋溢與自由奔放的老馬，這次久別重逢的大聯歡會，我們這些老馬聚在一起嘶嘶鳴叫昂首翹望，時光好像瞬間倒流至一九七八年……

月落乌啼总是千年的风霜，涛声依旧不见当初的夜晚……

坐在他附近，我同桌的长春同学几十年如一日整日都是笑眯眯的，他是我的远亲，所以我在微信里喊他“长春哥”，和他套下近乎。不过不敢当面叫他，怕他的脸会红扑扑地不好意思。我们班里这个“不老松”当年可是娶了如花似玉的女同学，他俩可是我们班唯一一对天造地设的“金童玉女”，可惜岁月的蹉跎和好事多磨又把他们分开了。那日聚会的晚上，我强制性地把他俩拉在一起拍照：都是亲戚嘛，怕啥？他们都被我逗笑了。我想我们初一（3）班的同学全都很愿意见到他们能够有情人再成眷属，下半辈子再度有花好月圆的一天。

那一年，我在早读时间给全班代读英语。也不知哪里来的勇气和自信，应该也代了小半年。当我读到“Are these...?” 时，坐在前排的敏勤同学就会故意拖长声音转过身去对着建立同学扮鬼脸“阿力……”恨得阿力同学以拳头慰问，下了课还要在操场继续打仗。如今当厨师的阿力好像变得腼腆包容得多了，笑容也多了。看来，岁月真是一把利刃，把我们各自都雕塑成应有的样子。

陈广是我们班带着仙气的大师，从来笑不露齿。他似乎神秘不可测，单看他别名“罗摩衍那”就已知道，半仙半人。据说他茶道、书道、舞道甚至连煮红烧肉都相当了得，但又是追求极简生活之人。他有句口头禅是：“无我，觉得还是粿条、活肉来得痛快。”最逗的是，我们去郊外旅游，他穿了一身黑色丝绸唐装，右手摇着一把金色大纸扇，上面密密麻麻地写着小楷心经。我说，你这身打扮真像个“地主公”啊。从此，他又多了一个别名。

我们班还有一个绰号叫作“花姑娘”的男同学。不知他这么美的绰号是怎么来的。但无所谓，他愿意被同学们这么叫，觉得倍感亲切。“花姑娘”说十句话，我真正听懂没三句，他说话就像机关枪放炮似的，哒哒哒，一轮嘴地说不停，怎么看都不像“花姑娘”应有的气质，也没有兰花指。相反，话少的要数张向荣和张成了。向荣说话不多，见到他都是在为我们干活，忙出忙进不亦乐乎。但唱起歌来又那么好听，实在是真人不露相，暗暗藏着一手呢。张成更是傻乐傻乐的像弥勒佛，耳朵大大垂垂的，一幅吉人天相的样子，黝黑的皮肤上写着“天道酬勤”，看着就是舒坦踏实。还有家宏，绝对标准的住家好男人。见到我总是说，我又去巴溪市场买海鲜了，那个卖海鲜的“依姐”是你亲戚吗？怎么那么像。

我们班的男同学都很朴实很大度，我常常把“政平”叫作“建平”，幸亏他们一副习以为常的样子。政平是我们的群主，这次聚会能把50多人聚在一起，都是他一个个从茫茫人海和网络世界里找回来的，实在劳苦功高，令我们举班称赞，更让我们黄老师赞不绝口。他心细如尘，方方面面都能想到，连我们女人都自愧不如。他每次在微信里出场的前奏就是：一个像村长一样的人戴着一顶西瓜帽，身穿大马褂，手里拿着一面铜锣鼓，在敲打集合我们这些村民开会喽。但他因为上晚班的缘故，敲锣的时间好像总是不对，半夜三更谁能听到呢？所以，有时敲敲没人应声他就觉得很扫兴，讪讪然地洗洗睡去了。他不知道，在我们心里他是我们的领袖仆人，德高望重得很。我们还指望着他统筹以后的聚会呢。

我们班还有一对活宝是五哥小明和郭明。小明和政平一样都是爱搞气氛的幽默之人，聚会的晚上，政平和小明的搞笑声此起彼落。政平刚吼完：西瓜甜不甜？（为

了让我们甜笑拍照，声音没少沙哑）小明就为男女配对合影的同学唱起了结婚进行曲，那一个夜晚，我不知笑出了多少的皱纹。回到家做梦还在笑，不知多久没有做梦做到笑出了声儿来。每个同学的欢颜一一浮现在眼前，心情久久不能平静。而郭明呢，他总是在夜幕降临，待我们吃饱喝足后，他就端坐在自己的山寨里像个土豪似的开始往微信群里不断发红包，让同学们抢着好玩逗趣，增添热闹的气氛……

我想，亲爱的黄老师每晚临睡前一定会观看我们都聊了些什么，然后露出母亲般欣慰的笑容在心里说：这些孩子怎么好像永远也长不大，对吗？

我们遥远的初一（3）班，有情人永远近在咫尺间。

一位值得记录的"家长"

文姬随笔【2016.12.03】

世界上的母亲都是最好最伟大的。但今天我要记下一位这样的"母亲"。虽然她穿着简衣素服，但她身上却发出胜过金子、钻石般的光彩！她是值得我尊敬和爱戴的一位女性。请大家为她点赞留言，我会转给她看的。谢谢！

"昨日放学后，我的'家'里飞来了一位不速之客——一只蟋蟀……"这是一位学生的作文开场白。

我好奇地问他："为什么"家"还要用个引号呢？"他说："因为那不是我真正的家，它是我的'寄养家庭'。"于是，我开始留意他并尝试和他的"家长"了解情况。

原来这位学生的父亲车祸去世，母亲后来也得了抑郁症，无法照顾自己的孩子。一次机缘巧合让这位章太在社区中心收留并开始照顾他。章太说，这是她收养的第三个孩子了。这个叫"天仁"的孩子还算是听话好照顾的孩子了，当初照顾第一个孩子的时候，那孩子非常顽皮叛逆，害她差点得了抑郁症！我说您自己没有孩子吗？她说她的孩子都已经工作了。我夸她爱心爆满，她谦虚地说，其实像他们这样的"寄养家庭"在香港其实蛮多的。这些家庭大多都是基督化的家庭，最早是用来接待外国传道士的，后来

聽說夜深人靜的時候蟋蟀會發出悦耳的鳴叫聲，可是我已經睡著了，我睡在甜甜的夢裏，牠也住在舒服的新家，我和牠都是這個家的家人，我們都是幸運兒。

传道士也日渐式微，于是这些家庭就开放给有需要照顾的孩子们。他们用爱心不仅照顾他们的衣食住行，还要为他们供书教学，包括补习班和兴趣班。我说，同是基督徒，和你们的爱心相比，实在感到汗颜，为了让我的内心好受一些，不如免了天仁的学费吧。章太看着天仁的背影，用手示意我不要提这件事情，她私下对我说："我不想他感觉和别人不一样。再说，天仁的母亲也不知道我在额外花钱为天仁补习。原因是我不想在帮助他们的同时，让他们感到太多的负担。我也不想孩子受到别人特别的怜悯和对待。"于是，章太对我说："老师，您就像对其他学生那样对他好了。"

事实上，通过这段时间的观察，我也感受到天仁和他"母亲"章太（与其说是母亲，还不如算是奶奶吧，想必章太也有五六十岁）的日常互动情境：

他没礼貌不叫人或插嘴说话，她会温柔地纠正他；他偷懒不做功课，她会严厉地教训他；他受到表扬得到好成绩，她比他还开心；他的书包很重但要自己背，但他从图书馆借来的书籍她会自己沉甸甸地背来，让我看看是否适合他阅读……

"听说夜深人静的时候，蟋蟀会发出悦耳的鸣叫声，可是我已睡着了。我睡在甜甜的梦里，它也住在舒服的新家里。我和它都是这个家的客人。我们都是幸运儿！"这是天仁作文的结尾。

后记：最后，在我执意的要求下，章太和先生商量后不同意我全免学费，怕天仁会不珍惜学习，只同意减免一半。另外一半省下的学费就再用来帮助需要帮助的其他人。

學習本應如此

文娛隨筆【2015.12.06】

到了下午 3 点时分，孩子们就像一群蜜蜂似的涌进“学习城”的各个教室里。位于北角城市花园商场 1 楼的“学习城”一到下午 3 点时间就像北角小区的另一所校园，这里除了体育和化学试验课外，就没有你想上而上不到的课程。

有时真不明白为什么学习不好的要补习，学习好的也要补习。反正，补习已经成为一种社会风气和学习氛围。况且，最近闹得沸沸扬扬的全港性系统评估（TSA）之前更是加剧了补习风气的盛行。前日，有小三的学生在立法会的公听会上说出了他们这一代人学业繁重的心声：“平时已经很多功课，还要再做 TSA，根本没有时间玩！”

根据心理学家指出，孩子们每日应该要有一个小时的玩耍时间，这是他们的权利，不应该被剥夺。可是，自从改成了全日制后，学生放学后又要忙着补习，于是就变成了从一所学校进入另一所学校，只是教室不同罢了。有的学生由于睡眠不够那時候公園很熱鬧每個角落都充滿着孩子們的歡聲笑語特別是傍晚時分，現在好像連一個人影也難找到。

精神不足，即便补习也是昏昏欲睡，这样根本就是本末倒置，倒不如上课好好听，回家预习复习，实在不懂才去补习。

我虽说是自己开补习班，但我也是常常和学生们这样说。有时，学生家长会问，老师，您觉得我的孩子需要来补习作文吗？我说，中文和英文根本就不需要补习，只要多阅读多写作多感悟生活自然而然就会。老师只能教一些写作技巧和思维引导，作文的内涵和文辞是要靠日积月累的。

幸亏我的孩子们小学时上的是半日制的学校，功课也不多，只是一个星期补一次数学（因我是数学白痴，实在不会教他们，更生怕他们遗传了我的数学基因）。他们回家还能小睡一会儿，做完功课就去楼下的公园疯玩儿。他们的骑自行车和打羽毛球都是在那儿跌跌撞撞自学回来的。那时的公园很热闹，每个角落都充满了孩子们的欢声笑语，特别是傍晚时分，现在好像连人影也见不到一个，他们的身影都藏在了不同的教室里。妈妈们说，也不知道多久没带孩子们去公园玩儿了。

今日，一位中三的男生来上古文课，见他的状态和平日明显地不同，整个人都感觉精神抖擞的。我好奇地问他，他High High（亢奋）地说，老师，我今天要准时下课，然后和同学吃饭、看话剧……

学习本应如此，我为他感到高兴。

踢門上課的學生

文妖隨筆【2015.08.09】

“老师，我可不可以不上你的书法课？”我的作文学生丁丁小姐这样问。

“当然可以啊。可是你爸爸已经帮你报了名学写字，怎么办呢？”她听完我的话后就闭嘴无言。

到了上书法第一节课时，丁丁小姐努着嘴不甘不愿地踢门进来上课，带着对爸爸“无理”的要求，还有对老师为何要没事找事开书法课的郁闷。

整节课大家都很认真，唯独她不看也不听，自顾自地写自己的字体。我教他们欧阳询的九成宫楷书，她连正眼也不瞄一下。看她那一幅臭德行，也真想把她一脚踢出去。可是，我既不能批评更不能责骂，不是怕少了一个学生，而是担心她从此因为我的苛责而讨厌书法！我告诉自己要冷静、忍耐和温柔。

我們曾經也是為人弟子的過來人都經歷過不喜歡某個老師而厭惡那個學科誰又沒有這樣的經歷呢

时间是最好的治疗师。到了第二节课时，我已感觉到她半听半瞄半在乎的状态了，直至快下课时，我问他们谁要我的示范作品。她是最大声抢着要的。再到了上第三节课时，他们要求用行书学写自己的名字，丁丁小姐也是第一个迅猛跑到我的身边来看我写字的学生。我心里偷偷地坏笑：哈哈，终于上钩了吧？我真的很欣慰，她喜欢上书法了，这也是我在这个繁忙的暑假开书法课的目的，书法班启蒙算是成功。这也不辜负家长和学生热烈要求开书法课的初衷了。

我们曾经也是为人弟子的过来人，都经历过因为不喜欢某个老师而从此厌恶那个学科。谁没有这样的经历呢？我就正正是受过这种教育弊病的过来人，所以，至今数数还数不清楚。真是可悲可叹！为师的一句话一个行为可以影响孩子将来的一生。

今日早课，我让他们用仿古金绢纸试着创作自己的作品。“仁义礼智信”，一人挑一个字写，从最小的开始挑起。丁丁小姐是这个小班里最小的学生，她挑了“仁”字。通常笔画最少是最难写的字，但是她写得最好！他们还用朱墨为自己设计了可爱的印章，很有创意。完成作品后，急忙拿出手机拍照传给妈妈欣赏。看着他们学得那么快乐稍有成就的样子，我也和他们一起傻乐起来。这比赚到五斗黄金还满足开心！

幸亏我没有把她踢出去，否则就没有后面的故事了。

女生的现代爱情观

對於選男朋友，將來的終身伴侶，我也與之同樣的感觸，一定要選一個你覺得優秀的人將終生托付。將來婚姻若是安好，就算自己慧眼識英雄，得之為幸。若是失敗，也不會太怨天尤人，那是宿命。

安妮随筆【2016.05.01】

昨日，我的旧学生前来探望我，聊了很多。她从9岁就开始跟着我，我与她曾经是严师高徒的关系，如今更像新知故友，甚至还可以像母女那样谈心，聊到婚姻和爱情的问题。她说，大学马上快毕业了，却还没有遇到心仪的男朋友。原来以为可以在大学的校园里谈一场轰轰烈烈的爱情，看来是幻影一场了。我问她，原因呢？她说，身边的男同学和朋友多半都爱讲粗言秽语，自己也并非清高之人，但总感觉与他们格格不入，更不用说谈恋爱了。我说，不可能啊，你那可是港大，香港最高学府呢，个个可都是精英栋梁之才啊。她回答我，老师，今日港大已非昨日港大了。港大的学生很多都恃才傲物，嚣张得不得了。

我趁机揶揄她，包不包括你呢？她很坦白地告诉我，刚进港大的第一年，自己真不知天高地厚，也可谓目中无人，第一年是混着日子读的书，结果 GPA 是出奇的低劣，让她受了大大的打击。第二年开始发愤读书，今年开始在医院里实习，在那些自闭症的儿童面前，她感觉平日用功读的书、考的试似乎无用武之地，对着那些需要语言治疗的儿童，她完全束手无策。这时，她更加感觉自己要谦虚，要实践，要有临床经验的累积，不是 GPA 满分就能解决的事情。聊着聊着，她又和我聊回到恋爱这个问题上。

我问她，那你现在有何打算呢？她说，能有什么打算，我不可能降低自己的标准去胡乱认识男孩，如果将来真的没有男朋友，也没什么大不了的。我搞不懂为什么身边的人都说是我要求高？我觉得我的要求很正常啊，是现在的港男太没出息了，所以剩女越来越多。我还是老老实实地把书读好，将来找一份好工作。我想，现在看来，越发感觉事业是女人最好的依靠和保证，男人靠不住。我说，哎，你小小年纪就知道这么多，都是哪来的经验之谈啊？她说，老师，您没有看最近内地在热播的《欢乐颂 》吗？电视剧讲述了五个女人性格迥异各自携带过往和憧憬先后住进欢乐颂小区 22 楼，彼此间发生的交集和一波三折的故事 。工作、爱情和家庭的困难与不如意，因为邻居关系而相识相知，从互相揣测对方到渐渐接纳彼此并互相敞开心扉，在这一过程中齐心协力解决了彼此生活中发生的种种问题和困惑，并见证彼此在上海这座“魔都”的成长与蜕变 。我突然觉得内地与香港两地的年轻一代女孩子对现代的爱情观竟如此接近。

对于选择男朋友，将来的终身伴侣，我也有与她同样的感触：一定要选一个你觉得优秀的人才能将你的终生托付。将来，婚姻若是安好，就算自己慧眼识英雄，得之为幸；若是婚姻失败，也不会太怨天尤人，那是你的宿命。总好过选一个比自己差劲的男人，到那时可是哑巴吃黄连，有苦自己吃。

止語靜心

一片茶葉落入水中，改變了水的味道，從此便有了茶。然後還有茶的分類、茶的文化、茶的故事和茶道精神：儉清和靜。

红袖添香

安妮随笔【2017.03.04】

又是一年没有去看张老夫妇了。

这是我第一次感觉 108 岁的张老这回真的老了！以前从未有过这样的感觉，他耳聪目明记性好反应快这是众人皆知的事情，可是这次他的眼睛似乎有点迷蒙，但耳朵还是很灵敏，张太在他耳边介绍我们后，他第一时间就抓着我的手说道：“哎呀，是安妮啊，我以为你们把我忘了，再也不来看我了！”这一次，不仅他的眼睛有点模糊，说话也没有之前那样利索了。但他还是坚持和我们分享他的信仰：“我 …… 我啊，到生命的最后也要守住自己的信仰，无论如何，你们 …… 你们也不要，不能放弃自己的信仰！”

老人在生命最后的篇章里还是一如既往地写下这么美好的见证。望着他略微苍白的瘦脸颊不像从前那样总是红润丰满的神采，又看着他身边日夜照顾他而瘦得让人心疼的张太，我终于忍不住要问："张姐，您一个国家一级演员为什么要放弃自己的大好前途，放弃和母亲、儿子的团聚，从南京一个人来到人生地不熟的福州，照顾这位百岁老人？而且还要顶住社会的压力！大家都知道张老的房子也捐给了基金会，一个茶人能有多少积蓄？您究竟是为了什么呢？" 张太一边重新安顿好张老继续刚才未完的饮食，一边坦然地说着："不为什么，就是为了张老的晚年生活得更有质量、更有尊严一些！还有，也是因为8年前他的追求，我才嫁过来的。"

这真是一位有着可爱真性情的女人，用我家先生话说，她算得上是一位侠女了。难怪张老如斯地爱护她保护她，他左一个"Darling"，右一个"Darling"，听得我们年轻人都有点不好意思了。但就是这样一位勇敢有智慧的老人爱上了这样一位有情有义的佳人，令我们看到这个世界还有这般闪光纯洁的爱情！

现在当茶业界的人们说起百岁老人张老，没人不会提起他身边的张姐。人人都说，张姐是上帝送给张老的美丽天使！这是张老的福气，也是茶人们的福气。

"情不知所起，一往而深。"——汤显祖《牡丹亭》。

怀念张老

我们在天上的父，愿人都尊你的名为圣。愿你的国降临。愿你的旨意行在地上，如同行在天上。我们日用的饮食，今日赐给我们。免我们的债，如同我们免了人的债。不叫我们遇见试探，救我们脱离凶恶。因为国度、权柄、荣耀，全是你的，直到永远，阿们。——太6:9-13

Our Father who art in heaven, Hallowed be thy name. Thy Kingdom come. Thy will be done, On earth as it is in heaven. Give us this day our daily bread. And forgive us our debts, As we also have forgiven our debtors. And lead us not into temptation, But deliver us from evil. For thine is the Kingdom, and the power, and the glory, for ever. Amen.

—— S. Matthew 6:9-13

张老的灵修笔记

安妮随笔 【2017.06.10】

上个星期日中午从教会出来，打开手机便看到先生发来的短信：张老已于上午 9 点 22 分仙逝！虽然这是意料中事，但还是忍不住哀痛和悲伤，似乎耳畔又听到他老人家亲切的话语：安妮，你下次什么时候再来看我？

我和先生因为红茶认识了张老，成为茶友，后来因为“红茶心情”写了两本散文，我们又成了书友（张老还亲自为我写了序，第三本的也写好了），再后来因为同是一种信仰我们又多了一种友情：弟兄姊妹。每次去探望他，他总有说不完的话题要和我们分享——茶（特别是致力发展有机茶）、书（总在关心我最近又写了什么、书法又学到哪里）、信仰（有时我们会一起祷告；遇到我和先生软弱时他便耐心地鼓励我们，甚至他把自己最宝贵的灵修笔记也送给了我们）……

我最后一次看他时是今年的春节他入院前，他一看到我们便紧紧地握着我们的手不愿放开！他依然在和我们分享他生命中最宝贵的信仰：我天天祷告，凡事谢恩，我即使到生命的最后也要守住我的信仰，无论如何你们也一样要守住你们的信仰，千万不要放弃！

“那美好的仗我已经打过了；该跑的路程已经跑尽了；所信的道我已经守住了。”这不就是张老身前最好的写照吗?

明天便是张老的出殡日，因他生前持守的“俭清和静”之茶道精神，要求丧礼一切从简：没有告别式，没有追悼会，没有任何仪式，什么也没有。因为张老知道最美的家乡在天堂！我怀着无比敬畏、敬仰和敬爱的心情，用张老喜爱的文字方式和他老人家告别，愿他在天堂一切安好！

魏文生、陈安妮敬挽

丁酉夏六月五日

一片叶子的故事

安妮随笔【2016.05.01】

前些日子，在朋友圈上看到一组老树画画之春日茶事的作品，很有感觉。静闲的时候，用毛笔在纸卡上涂涂画画，写下老树的茶诗系列。觉得还不过瘾，自己又添上两笔小诗，为一片叶子的故事备上它的前世今生。刚写好就收到好友罗军送来的《中国茶密码》专著，和温州陈景炜老师为我做的专用陶瓷杯。世事总是如此巧妙，都凑在一块儿了，好像就是为了准备这一期的“安妮随笔”而来的。

那一年，
我从天上飘来，
成了南方嘉木上的一棵小芽。

后来，
在你宽博的怀抱里，
我渐渐舒展成一片绿色的叶。

我抱着你的枝干，
对你说，
一辈子也不要分开。

可你含着泪，
渐渐松开我的手，
目送着我驰骋在更自由的天地间。

就这样，
在山的那一头，你见证着我，
经历风的凋萎，火的升华，水的洗礼。

如今，
生活的揉捻早已把我，
氤氲成一杯甘甜的水。

纵使荣华花上露，
人人仰望高枝，
我依然要……

素简如初，
看花开听水声，
单单就为了止语静心。

吆唱兩聲

没想到那麼崇尚名牌的梅小姐竟然覺得我們的元泰紅茶情有獨鍾她說這樣的環保包裝平凡中透着氣場

文妮隨筆【2016.08.21】

香港美食博览节元泰茶展圆满结束。在回顾上星期茶展片段的同时，我更代表元泰感谢支持元泰的朋友、茶友和客户的大驾光临，令我们展位因为有他们的出现而蓬荜生辉，锦上再添花！

那日，我也正准备出发去展位的时候，先生发来短信说省农业厅王副厅长待会儿也会来，他已经是第二次来展位关心我们，可惜我紧赶慢赶还是错过，整个会展参展的人那叫一个摩肩接踵，走都走不过去！到了展位，正巧来了一位美国女游客，她黝黑的皮肤衬托着小白背心显得很健康，纤细的高个儿背着一个朴素的黑布袋又很时尚，在我们摊位伫立了良久。她似乎对我们的“黄玫瑰红茶”感兴趣。我和她聊了一会儿，她拿了我们的资料还想买一罐品尝，我们的宝珍店长打铁趁热想她买两罐一盒装的。可是她说：

“很抱歉，我只有买一罐的 Budget（预算）。”我朝她微笑致谢。我喜欢她很理性，有计划有预算，不会像我一样爱面子胡乱买东西，而且还真诚无伪。

五楼的“香港国际茶展”只有三天的展期。我赶在周六的下午匆匆到那儿参观学习，目的直奔那几个颇有创意的年轻人。他们摊位上陈列的简洁亮白包装很是吸引我的眼球。原来设计包装的这位小伙子是香港大学建筑系毕业的，他把建筑的美学加上水墨画和书法融入产品的外包装上，令人眼前一亮。我相信能够让客户一见钟情的产品已经成功了一半。我们相互交换了一些心得和感悟，临走前，我告诉他们，以后不要再用唐太宗的“静”了，可以考虑一下王羲之《圣教序》里的 “静”字，那才是真正的“静”字。

我和先生特意来到了日东展位探望我们的合作者，我也是他们店的“粉罐迷”。我们公司出品的“福禄寿喜”用的就是他们的“马卡龙罐”。岩城先生见到我很客气地感谢我送给他的字（其实我已忘了写什么），还送了一个草绿色的彩罐给我作纪念。还有傅太太也过来一起合影，她对我先生抱怨说，一直想约安妮喝茶，她都说要等您回来。你看，我们一等就是一年。说得我感觉好愧疚。其实不是不肯应约，而是我不会做生意，见了面除了寒暄也不知道要说什么好。

林主席亦是热心之人。他带着卖三文鱼的挪威友人来我们展位看我们，还介绍了EDO 公司的老板和年轻的卢太平绅士给我们认识。他说："魏太，我每次把你加到'善青会'的群组，你都退出来。"我赶紧致歉："对不起啊，林主席，群组实在太多太闹，而且我也不认识组里的人，所以就悄悄退了出来。不过，这次不退了，您再重新加上我吧。""好啊，你说不退的啊。"看着他一头白发不由感慨敬仰，每年的香港福建希望工程基金会晚宴，他都担任主持，从头到尾举牌筹款做善事，帮助内地穷困地区建设希望工程小学。

还有一些感动的插曲值得一提。好朋友 Brain 来展位，身上买完东西只剩下 800 元都用来买茶，到楼下坐的士发现身上没钱又转回来向我们借了 100 元，还有 Venus 夫妇和 Pauline 姐排了一个多小时的队，穿过拥挤的人群才来到我们的展位。香港未来精英 Tiffany 带着她的团队也来捧场，用她高大尚的眼光扫了我们最高大上的极品：金骏眉、金元泰、古树红茶、福禄寿喜。还有 Akinna 更是全家总出动来扫货捧场，她一来，我展位的产品差不多都被她扫清光了。没想到，她对我们"永泰红茶"的环保包装情有独钟，她说这个包装很有气势。看来，一向注重名牌的她有点返璞归真了啊。

当然，整个展会最辛苦的是我们的同事宝珍和陈燕。一连 6 天，每天 12 个小时，要不停地介绍和推销。难得的是，她们下了班那么累还惦记着到哪里去逛逛，年轻真好啊。我能做的只是周末的两个下午，到展位帮忙吆喝两声。

匠人精神

艾妮随笔【2016.06.19】

看完《读者》2016 年第 11 期第 46 页《怀着爱情做出来的拉面》之篇章，里面有两个故事深深地吸引了我。作者说，有一次在农贸市场，一位农夫见他在仔细地审视着他的产品，便骄傲地对他说："这可是我怀着爱情做出来的拉面，品质绝对纯正。"日本农民执着地追求新农艺的背后，还有更让人拥有的一份温暖和感动：他们把消费者当作自己的村民和乡亲，绝不会卖伪劣产品。另一个是房东老太太对作者说起他去世老伴的故事，说一位出租车司机载着她那位从医院出来时日无多准备回家安静等待归天的中风老伴，那时刚好是赏樱花的时候，当这位出租车司机听说老人的情况后，就提议说不如顺道去看看樱花吧，他陪老人坐了一个多小时，还执意没有多收车费。老人看着漫天的樱花，竟然高兴地唱起歌来，他想起了自己也曾经拥有的美好时光。听说老人死前也是哼着歌儿走的，他走的时候心里是安宁的。这位出租车司机也是把他的客人当作是自己的亲人，把消费者都当成是乡亲的本能，这正是日本的"匠人精神"，实在是让人肃然起敬。

撇开民族情结不说，单单只说我们国人对日本货趋之若鹜般的崇拜和喜爱，就很值得研究一下这种“匠人精神”的现象和来源。

江户时代兴起的匠人文化，对日本的工匠产生了深远的影响。匠人们把工作看成与人格荣辱相关的大事，他们对自己生成出来的产品力求尽善尽美，并为此不厌其烦。很多人一辈子就只专注做一件事，做好一件事。哪怕是一辈子只做一件寿司、一碗拉面或一块豆腐。

技进乎道。中国从来不缺匠人，更不缺匠人精神。中国也曾经有流传千古的“庖丁解牛”之神技，还有美轮美奂的雕梁画栋，精美结实的明清榫卯家具等等，这些都是匠人工艺与精神的充分体现。如果翻阅《天工开物》这部 17 世纪的中国工艺百科全书，不难发现，精工细作赫然于眼前。爬梳上下五千年的璀璨文明，小到雅玩、陶瓷、青铜器、日用之器等，大到桥梁、建筑、园林等，无不闪耀着中国古代匠人的智慧之光，或许他们名不见经传，但他们却用匠人精神创作了中华文明的奇观。

“要有一流的心性，才能擁有一流的技術”（秋山利輝）

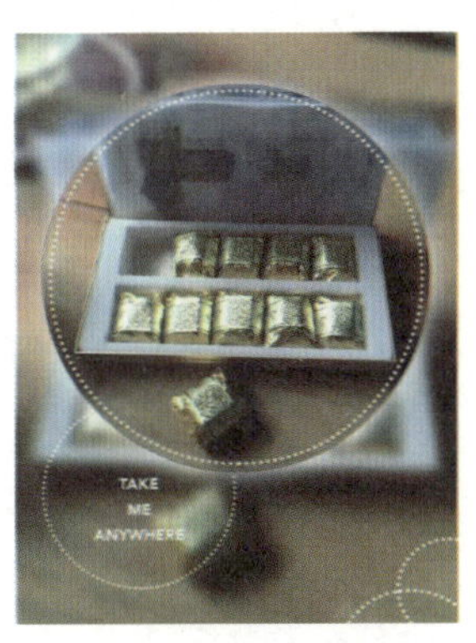

然而，令我们感到扼腕痛惜的是，千百年后的今天，我们却甚至连一罐奶粉都要买进口的才安心。

日本作家秋山利辉的著作《匠人精神》里强调：要有一流的心性，才能拥有一流的技术。他几十年只坚持做一件事：做家具。他不满足于斧锯的重复，一辈子不为钱工作，只为客户工作。他说为钱工作总会想到自己，为客户工作就会关注客户的内心需求，能给客户意外的惊喜。具有这样崇高的经营理念和过硬的产品不赚钱也难，赚钱已经不是他追求的层次了。

要具备匠人精神，必须耐得住寂寞。面对嘈杂喧嚣的世界，内心必须要有绝对的安静力量，和不被急功近利所诱惑影响。这样的精神境界若是能被我们应用到生活中，用心生活，专注做事，不和人比较，做好自己，相信我们的人生不会被我们经营得太过差劲罢。

“匠人精神”一直是我从事教育的座右铭。我常常问自己，今日我把我的学生当作自己的孩子来教导了吗？我是否有怀着爱心在教他们呢?

十年树木百年树人

长妹随笔【2015.11.08】

踏入立冬之夜，和先生泡壶滇红把盏聊天，我说教学他说茶。谈到近来学生的进步很令我鼓舞和感悟：当我们真正把红茶当作事业真心和爱心经营时，它也必能感受到我们的真心并予以回报。就像港大书法老师说的那样，当你能用心把格子画好的时候，你的字一定比你随便写好看得多。我先生也笑言响应，是啊，当你热爱一份事业并坚持不懈的努力 1 万个小时，就能够把一件事情做到极致。

“台上一分钟，台下十年功”，元泰茶业自 2004 年参与光彩事业帮扶福安坦洋工夫推广，与红茶产业结缘，元泰人一直以复兴中国红茶为目标。“十年树木，百年树人”，元泰这 10 年的努力付出和酸甜苦辣实在不足为外人道。不管是不是外人所说的“墙里开花墙外香”，还是别人眼中的“红茶先驱”，我们对红茶事业的那份执着和真诚终于感动了上天为我们开启了一道美丽的“天窗”，但愿在这一平台上，可以和一些志同道合的朋友们看到前面更广阔的景致。福建元泰茶业

踏入立冬之夜我和先生把盏聊天我说学生他说茶

有限公司在资本市场的道路上迈出了坚实的一步，现在起要精心设元泰红茶。

说到茶文化，中国茶文化的博大精深世界无不认可。日本茶道集大成者千利休早在日本战国时代已经把“茶道”精神发挥到极致，还有英国人精美优雅的下午茶文化也让世界瞩目。可是，中国是茶的发源地，也是产销茶大国，茶很应该是我们中国的一张亮丽的名片，可是因为历史原因，中国还没有一套完整体系的茶艺、茶文化。我们的茶还只是停留在饮的阶段，还没有升华到一定的高度，我们是否也思考下怎样才能拥有属于中国人自己的一套茶文化和茶道精神？国家主席习近平在去英国进行国事访问期间，两次提到英国的下午茶文化与中国茶历史，可见他对茶的关注和重视。美国人的星巴克可以把咖啡馆搞得那么有声有色，可为什么我们中国的茶馆不行？这实在也值得深思。可可和咖啡再怎么香滑馥郁也只是可可和咖啡，可是茶就不一样，茶有高度有觉悟有内涵，有“茶道”精神，我们可以品茶、品味、品人生。这是其他饮料望尘莫及的健康饮品，更是一片叶子的故事下深藏的文化底蕴。

国家倡议“一带一路”，福建是21世纪海上丝绸之路核心区，我们肩负着光荣的使命，向世界宣扬东方人的哲学观，向世人传递中国人的茶生活方式。一分耕耘一分收获，相信成功是为有准备的人而准备，加油，元泰；祝福，元泰。

好喝的野草茶

戈妡随笔【2015.08.02】

学生衡仔从日本给我带了一罐挺特别的茶。

这是一罐由熊本县南阿苏农园制造的调和野草茶。里面共有大麦、黑豆、咖啡豆、桑叶、竹叶、柿子叶、枸杞和灵芝等 24 种材料。我真是孤陋寡闻，第一次喝这种茶，正准备用热水冲泡时，衡仔紧张地说："老师，要用冷水冲泡的。"

他好像对我还不太放心，自己动起手来，用冰的蒸馏水浸泡了半个小时才准许我们喝。果然，很不一样的茶呢！单是那些不同颜色和形状的天然材料已经让我们赏心悦目，嗅觉上也感受着从遥远的农园那儿飘来大自然各种果实的味道，茶水在口腔里渗透着无比的清甜和甘香，而且激荡出不同层次的味蕾感受。最特别的是，第一次喝这种混合着咖啡豆和竹叶的茶汤，既能品尝到淡淡的茶香又能满足咖啡那种致命的诱惑，不得不佩服产品制作人细腻的贴心和中西文化的邂逅，很是新颖。

年轻人喜歡以自己的方式泡茶把喝茶當作是一件樂趣既然能滿足味蕾的享受又能使喝茶成為一種時尚的生活方式

再一次对日本的东西又爱又恨。爱的是它物品的不掺假和制作的精细，恨的是我们怎么就做不出这样优秀的产品。内心很是纠结郁闷。我们做不出细作也就罢了，但是不是可以尽早不要再有伪劣假冒和高农药地沟油产品，那真是会吃死人的。那是另一种无形的“电梯扶梯杀手”！

算了，不再纠结了，咱们还要活下去的。还是不要辜负学生的一番美意，再喝一口“野草茶”罢。看来现在的年轻人也是喜欢喝茶的。咱们元泰出品的“花渡茶语”正是迎合了年轻人对花草茶的喜爱，而且价廉物美。年轻人喜欢以DIY的方式来喝茶，把喝茶当成一种乐趣，既能满足味蕾的享受，也能使喝茶成为一种时尚的生活方式。越来越多的年轻人希望能够自己动手调制出属于自己的一杯好茶。

北角故事

文妖随笔【2015.09.13】

住在香港北角爱看书的读者没有不知道“森记”这家书店。几年前我也曾经在微博里写过她，近日欣喜地看到她又被记者采访在《壹周刊》上。好人好事值得一写再写……

这家书店与众不同，除了卖书还养了近 50 只的流浪猫。她把卖书赚的钱都用来买猫粮，看兽医。有一次因为拖欠业主 5 万元租金，业主忍不住问她原因，她才告知这个原委。她说 1978 年从内地来香港经同学介绍在“森记”兼职打工，后来老板移民，她因为实在爱书就把这个店铺盘了下来。以前生意好做，看书的人多，特别是看金庸小说那个年代，读者是一套一套地买书。现在看纸书的人越来越少了，而租金又越来越贵，她为了守住心中那片黄金屋死也不肯放手，哪怕银行本最低潮时候只剩下 700 元。她爱猫，初期养猫是因为老鼠多常啃坏书，后来有人见她

永远都穿着一身白衬衫和一双旧高跟鞋的她
随時都那麼儒雅從容她說書沒有為她帶來
黃金屋但卻半生風流至少讓她心靈富足。

养的猫越来越多，就索性把不要的猫都扔在她书店的门口，她又不舍抛弃那些猫，就这么一直养了下来。但前段时间也有一个爱猫人士来她店里偷一只“盲猫”，爱猫如命的她报警求助，“森记”因此声名大噪，现在全香港人都知道有个爱书又爱猫的独身女子，她叫“陈琁”，也是我们福建人。

因为我们家常常帮衬着她买书，渐渐地就和她成了朋友。她的每一本书放在哪个角落，讲什么内容，她都了如指掌。遇到她爱看的书说起来会眉飞色舞，强迫别人买下：你不买我都送给你看。别人一听此话心就会软下来。遇到人家不领情她也绝不生气，下次来她又是笑脸相迎，但就是不让人碰她家的猫，连拍照都免问。

永远穿着一身白衬衫黑裙子和一双旧的黑高跟鞋的她随时都是那么儒雅从容。她说，书没有为她带来“黄金屋”，但却半生风流，至少让她心灵富足。

戰爭與和平

文妖随笔【2015.09.06】

9·3阅兵式的前一晚听婆婆激动地说，她在中央一套看到了我们家的老朋友——中国著名侨领、原中国侨联主席庄炎林先生（祖籍福建安溪）荣获习近平主席颁发纪念抗战胜利70周年英雄勋章。老人家虽年届94岁高龄，但依然腰板笔直虎虎生威，有老一代大将风范。我们一家人围绕着这位父辈世交的爱国故事展开了百年以来华人华侨关于抗战救国的感人话题……

9·3那日清晨，我们一家早早起床，端坐在新居电视机前，趁此机会向儿子上一堂国民教育的课程。根据我对学生们的了解，香港的孩子对唱国歌、升国旗、阅兵仪式等感觉不深，这实在令人担忧不已。怪只怪英国殖民时代遗留下来的文化土壤不可能让港人有很强的中国国民意识。不像我们这些从内地出来到港澳、到海外的华侨同胞，听到国歌会情不自禁地肃然起敬、热血澎湃，百听不厌地一起同声而歌。我曾经听我先生说过一句话：一出国就爱国，华侨最爱国，因为华侨最有条件爱国。我也有同感。

话说回来，9·3阅兵式后，国人会对当今世界局势了解得更多，因为在出席国家和政府领导人名单中，竟然没有一个欧美西方发达国家。当年在亚洲及太平洋战场上，欧美也曾与中国一起共同抗击日本侵略者。而当前欧美日正在结成一种新的战略联盟。这个联盟一百多年前组成八国联军抢劫过中国北京，这个联盟直到今天依然存在，所以，他们宁愿与当年的敌人结成同盟，也不愿站在正义的中国一方，所以任何时候我们侨居海外的华侨华人心中都清楚，那里不是我们的家园，永远不是我们的家园，我们和欧美是两个世界和两种文化体系的人。除了国家利益，欧美文化从来就没有道义，只有国家利益，西方国家名曰文明，其实在一些重大问题上是野蛮的，除了维护自己的利益，毫无是非观念。在这次中国举办的9·3阅兵式上也表露无遗了。

左傳有言國家大事在祀與戎

这一次纪念抗战胜利70周年阅兵仪式史无前例不同凡响，代表着中国国力日趋强大的自信和捍卫和平的决心。军队是国之根本，兵强则国安，国安民先泰然。只有祖国强大，人民才能安居乐业。习主席一方面宣布裁军30万，站在民族的高度上向世人展示中国追求和平的态度，另一方面向国际展示新型武器的国力，亮剑天下：我们不是不能打，是能打而不打。不管哪国来与不来，我们都一样处之泰然。《左传》有言：国之大事，在祀与戎。在纪念活动中进行阅兵是国际通行惯例，更是纵观国际局势下，中国新一代领导人做出智慧的举措和展示珍爱和平、与邻为善的胸怀。

世界上所有热爱和平的人都有一颗悲天悯人的心肠，相信他们深刻了解战争是多么残酷的一件事。所以有人说，战争是地狱，战争是熔炉！战争时期最受苦受难的也都是咱们老百姓！

让我们铭记历史，勿忘国耻。

那時真好

某個午後，看看窗前艷陽下的杜鵑和茂盛的綠葉，這彈丸之地的一片綠蔭裏時間帶着我延伸到很遙遠的從前。無論時光如何流逝，守住心中那一季的春暖花開，何時都是快樂之人。

元泰茶業
YUAN TAI TEA

文妖随笔 【 2015.08.30 】

搬家是很辛苦的事，但也是相当兴奋和快乐的事情。

虽然此次搬家是搬回旧居，但也是要经过整理、筛选、弃旧迎新的过程。搬家最大的好处是可以有借口扔掉一些好久都不会用的旧物，又可以添置一些心仪好看的物件。

每次搬家装修，我都会装模作样地问下老公：你有何要求啊？这次他的答复是：我想要一个整齐像样点的书柜。我很爽快地一口答应下来：OK，没问题，包在我身上！

说到书柜，此次搬家最大的乐趣就是它了。从到宜家看尺寸，等着师傅送货安装再到我决定要在哪个柜子安玻璃或柜门、层架放多少个、放哪些书、怎样分类摆放、哪里留白，全都是美学的功课。

每次搬家和裝修我都會裝模作樣地問下老公有甚麼要求啊這次他的答复是我想要一個整齊像樣的書櫃我很樂意並一口回應沒問題……

老同学笑我家当多怎么一直整理还没整完？我说，不是家当多，是书籍多。整个书柜都是我的精选藏书。我们家各有各的藏书：女儿收藏新闻时尚、儿子收藏文学电影、老公专门收藏茶书籍（据他自己说福州公司的图书馆藏书已经超过 1000 多本了）。别人收藏古董字画，我们家收藏书籍。各自收藏各自的，而且还互不肯借阅，都当宝贝似的珍藏着，生怕扰了它们的宁静。

看着这些摆放整齐分类好的书，心里琢磨着，可不要让它们成了花瓶似的摆设，不要辜负了作者的心思和文笔，那里都是智者的人生阅历和高贵灵魂。不知道有多久都没有静下心来好好读书，读好一本书。待我整顿过后，我将要重新扬帆启程，寻找书中“颜如玉”，作自己最美的饰品。

话说我好像是做到了老公的要求，可是那个书柜却又好像是我一人专享的哦。放眼过去，只有他几本可怜的红茶字典，心里有种莫名的歉疚，特意买了一张有扶手的“坐江山”椅给腰不好的他看电视专用，以算弥补。嘻嘻。

窗外小阳台上的杜鹃正开得灿烂，带着一丝维港的海风，好像也在风中窃笑自语呐：安妮，你也太狡黠了吧？

搬家

安妮随笔【2015.08.23】

近来搬家，安娜甚是辛苦。新旧房子两边跑，清洁卫生、整理装箱，50 个箱子的东西她都没让我帮忙，全是自己一人包办，就连搬运公司都称赞这个佣人好。昨天清晨起来，她直喊腰酸背疼起不来，私下悄悄地对名震说：这活儿一定不能让太太操劳，她身体不好，事情又多，还要读书写字，万一累病了可不得了！

听到儿子对我转述的这些话，我心里感觉热乎乎的，打算请她到楼下“曼谷泰菜”吃顿大餐犒劳下她，让她开心一下。我们点了鲜虾柚子沙拉、咖喱蟹、杂卷拼盘、菠萝炒饭、咸鱼炒芥蓝，还有甜品芒果糯米。伴随着餐厅泰妹“Sawadika”的热情呼声，本来就很开胃的泰国菜让安娜吃得更是眉飞色舞，一边吃一边说很饱很饱很满意，一边不忘让我为她拍照说要寄给女儿伊娃看。在我们都说很饱的状态下，还是都吃完了。

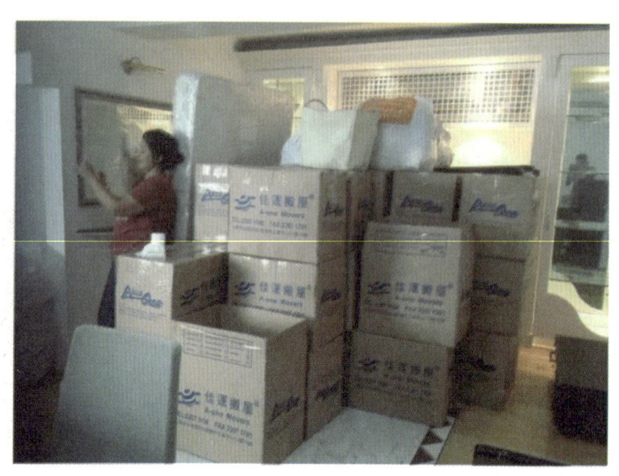

每次搬家和裝備我都會裝模作樣地問下老公有甚麼要求啊這次他的答復是我想要一個整齊像樣的書櫃我很樂意並一口回應沒問題……

说起她的女儿有无尽的叹息。原本读了 5 年的医科大学想着毕业了可以出来美美地当个妇科医生，改变下自己和家庭的命运，可是，想要正式进医院工作，每个实习医生还要再花费约 15 万港元。她的母亲是欲哭无泪，无语问苍天！伊娃也很懂事，隐忍着自己的梦想，将就着到小银行工作，帮忙她母亲养家糊口。

吃完饭，我们到维园散步一圈。O 型血的我总是被蚊子看上，回到家手臂像长了风疹块。她拿出止痒膏为我涂抹，还为我呼呼呵气。我心里又是一阵热乎乎的温暖。

这些年，感恩天父上帝总是派不同的天使在我身边陪伴我、照顾我、呵护我。就像安娜说的那样：我很满意。

安妮隨筆【2016.08.14】

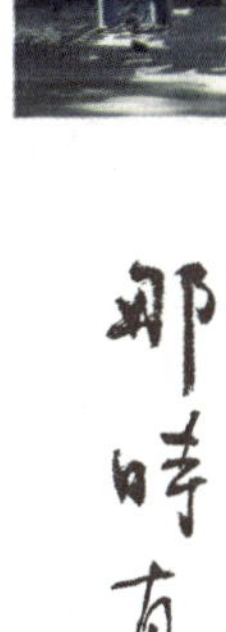

我突然懷想起小時候居住的矮木屋上鋪着一層層藏青色的瓦片下雨的時候總會聽到雨水從瓦片滑落到屋檐滴滴嗒嗒的聲音

那日台风，我坐在窗前靠海的书桌旁，雨水淅淅沥沥地敲打在玻璃上，随着时大时小的风声，雨幕也时密时疏。

我突然怀想起小时候居住的矮木屋上铺着一层层藏青色的瓦片，雨季的时候，总会听到雨水从瓦片滑落到屋檐滴滴答答的声音。那时，听不到古典的音乐，现在想起来，那雨声在静谧的夜晚，仿佛就是最美好的乐曲。可惜，那时不懂，现在还真是怀念从前的雨夜。

某个午后，看着窗前艳阳下的杜鹃和茂盛的绿叶，这弹丸之地的一片绿荫霎时间带着我延伸到很遥远的从前。

那时，很多人家的前院都会有一个缠绕虬枝的蔬果藤架，架上不是种着各式的瓜果，就是结满串串的葡萄。夜风拂来，星光透过藤架洒在我们的身上，听着老人们坐在摇摇椅上，一边拨打着扇子，一边说着古老的故事。有天，收到妈妈发来的微信图片，她种的丝瓜已经硕果累累，我似乎看到她满足地摘下丝瓜，也仿佛尝到了那夏日独有的清甜。幸福有时候真的很简单。

偶尔怀旧，也是一种幸福。

书柜上立着一本厚厚的《中国书法大字典》，是我当年的陪嫁，父母亲为我挑选的绛红色皮箱，里面装满了好多书籍，这字典就是其中一部。那只皮箱一路拖曳着沉甸甸的书，到了罗湖桥，终于皮带断了，我和先生两人也不知道是怎样一个折腾才把这一箱的书带回香港的家。现在想起，也觉得自己憨傻的模样甚是可爱。一打开字典，那一股纸墨的清幽微微扑面，闭上眼睛都能回忆起曾经的年华和闻到青春的味道。还有一样祖母送的镂空铜炉嫁妆，也甚是矜贵，她希望我们婚后的日子像这炉火般过得红红火火。可惜，在一次搬家时不知是弄丢了还是被搬家公司的人偷了，一想起心里就甚感对祖母的歉疚。

所有的往事：木屋、瓦片、雨夜、藤架、嫁妆、铜炉…… 这点点滴滴都离不开我居住了 18 年的那条巷子。

无论是春夏还是秋冬都有它各自的图画。春日朦胧的晨雾还笼罩在巷子里，各家的孩子们都已经随着鸡鸣狗吠声在朗朗诵读了。仲夏的午后，榕树上的蝉鸣声吱吱乱叫，隔壁家的大黄狗不为所动，依然斜躺在墙边吐着舌头呼呼大睡。秋天的傍晚，老人们煮好饭，一如既往地坐在门前的台阶上，远远地望着巷子的一头，等着家人推着自行车下班放学，咿咿呀呀各自推开自家的木门。冬日的夜晚，明明暗暗的火光在各自的屋里透着温暖，点点星星的灯光和灶前的炉火透出门窗的缝隙，染亮了巷子的恬静。即便是冬夜，偶尔也能见到人们串门聊天寒暄的影子。

那时的人生活简朴单纯有人情味，没有现在的人那么多“毛病”，更不懂什么叫作寂寞，也不知道忧郁是什么玩意儿。那时真好！

女娲随笔【2016.10.02】

不知你有没有被路人甲的香水味道所吸引，然后追着她，像小狗一样拼命嗅嗅那迷人的香气，就差开口问她用的是什么品牌的香水了？

我已经好久没有被一种香水的味道所感动，以至于我开口向人打听。幸亏她是我“生命之道”的姐妹，否则真是太冒昧窘兀了。她很热情大方地向我介绍其中几个味道的配搭和迷人之处，再给我看她随身带的那一瓶香水。哦，原来我去年在纽约的专卖店已见过它，女儿说要送我一支很特别的香水当作新年礼物。可惜我那时并不识货，婉拒了。

也难怪啊，这个品牌的木质系列味道很中性，我不是太懂欣赏。而这次朋友介绍的橙花系列和红玫瑰系列的组合让人有耳目一新的触电感，那一刻，好像连沉睡中静止的灵魂也被它唤醒了。

今天，为了它我特意到位于铜锣湾的专卖店了解和感受下，还是有一见钟情的感

迷人的味道的確會讓人產生愛情而我是因為先有了愛情才迷上了他的味道：那時特別喜歡聞他冬天大衣的味道有一種書生的味道

觉，于是就毫不犹豫地买下了。那个漂亮清新的店员很有耐心地帮助我一种一种味道的尝试和体验，直到我全身都弥漫着各式的花香：黑莓子与月桂叶有种挑逗的诱人、英国梨和小苍兰的知性迷人散发出不外放的内敛性感、伯爵茶和小黄瓜碰撞出英国田园式的清香、淡淡的玫瑰点缀些微的橙花带出透明洁净仿如肥皂的自然香，有种让人相见恨晚的追逐感……当那个店员为我包装时，我见她向盒底内的包装纸喷上点点的青柠罗勒，她说这是他们品牌最经典的基本味道，说是一定要顾客记得香味的品牌。噢，她告诉我一个浅显的道理：品牌就是味道！

昨天，我听年轻的小妯娌说起她喜欢我小叔子的原因，竟然就是因为被他当时身上的古龙水所迷惑了。我一点都不怀疑，迷人的味道的确会让人产生爱情。而我是因为先有了爱情，才迷上他的味道：那时特别喜欢闻他冬天大衣的味道，有一种书生的味道。

愛錢的小女人

愛錢的小女人不再像從前那樣令人感覺是虛榮和害羞的事。因為她們只有透過自己的努力創造出更多的價值，才能體現自身。這是一件光榮體面令女人感到自信自豪之事。

文妖随筆【2016.10.16】

“妈妈，我怎么感觉放假比上班还累啊？“ 女儿一边大口大口地喝水，一边喘着气感叹着。

“是啊，为什么你放假还要工作还要见客户呢？是老板交代你的任务吗？”我看着她心疼地问。

“没有。是我自己要见客户的。我想借着这次回来的机会见七个客户，有莎莎、连卡佛、IFC 某公司……帮公司帮老板找一些新的客源。”那一刻的心情，我有些震撼，有些感动，有些自豪，也有些心疼，毕竟她才回来一个礼拜，时差都未倒过来，又况且还在吃着医生刚开的感冒药，看上去，她整个人都像在云端里似的。

“没事的，妈。这些客户是我已经在纽约就通过电邮预约好的。不是我一个人这样，我公司里的同事、我身边的朋友包括我老板都是这样的，这一点也不奇怪，美国人都是这样工作的。”

奶奶刚好在一旁也听到她的孙女和我的对话，就激动地对孙女说：“真是好样儿的！你必须得跟你爹地好好说说，让他也学习学习更好地管理他的公司。”她的孙女在一旁敲着电脑回应她祖母：“奶奶，我这样做也是为了我自己，我只有为公司作了贡献和业绩，将来才有条件和老板讨价还价提工资，要不然，我凭什么资格和老板谈加薪呢？”从大老远来看外孙女的外婆更是在一边鼓励加油：“这样是对的，年轻人就应该这样努力！”

夜深人静的时候，女儿约了同学朋友在外面疯玩尚未回来，我也在静思：女人爱钱不再像以前令人感觉是虚荣和害羞的事情，因为她们只有透过自己的努力创造出更多的价值，才能更好地体现自身的价值，并努力让自己变得越来越有价值，这才是一件光荣体面，让女人感到自信和自豪的事情。

谨此小文送给奋斗中的年轻人，亲爱的女人们，特别是爱钱的小女人们！当然，特别要送给我们自己的宝贝女儿！

目送

文妮随笔【2016.08.28】

1995 年的初夏，我差点与你擦身而过。那一年因为我的前置胎盘几乎小产失去你，后来是外婆把一种专门在田里打地洞，叫作“老鼠兔”的小动物从永安带到福州，用红枣当归等药材炖给我们吃后，情况才开始好转。当我在养和医院看着雷洁莹医生微笑地捧着小小的你，把你送到我的怀里时，我的眼泪不知是欣喜还是感动，情不自禁地就流到你粉红色的脸颊上。你的爷爷奶奶、外婆和爸爸，还有爷爷的日本朋友金井先生都在病房外的门口早早地等候着。他们似乎比我还开心啊，每个人的眼睛都笑成了朵朵灿烂的花儿，毕竟你是魏家的嫡孙。魏家有了一个男孙，传统的爷爷奶奶看起来似乎也安心了许多。

因为你的来之不易，加上爸爸常常不在你身边的缘故，妈妈母兼父职，以双倍的疼爱，视你如“掌上明珠”。从你上卫理堂幼稚园的第一天，那是妈妈第一次放我慢慢地慢慢地瞭解到，所謂父母一場只不過意味着你和他的緣份就是今生今世不斷地目送他的背影漸行漸遠。你站在小路的這一端，看着他逐漸消失在小路的轉彎處，而且他用背影告訴你：不必送。（龍應台）

开你稚嫩的小手，看着你哇哇大哭不断回头的背影，妈妈转过身时也忍不住偷偷地哭了。那个时候，我们都不知道或者完全没有意识到，终有一天，你也必须离开妈妈，通向属于你的时空长河。

2016 年的今天，你 21 岁了。你已经高过妈妈，妈妈的头只能靠在你的胸前，你的肩膀比妈妈宽广，你的双手也大而有力。当妈妈在为你赴美留学整理行囊装备的时候，才真正意识到完全属于你自己独立的青春岁月已真正到来！

可是，当我写下这期的“安妮随笔”后，再看着咱俩“迷之相似笑容”的母子自拍照时，又有了恋恋不舍的情感：你尚未离开身边，我就已经开始想你了！

我儿，我是不是也该引用台湾龙应台先生在《目送》里说的“我慢慢地、慢慢地了解到，所谓父女母子一场，只不过意味着，你和他的缘分就是今生今世不断地目送他的背影渐行渐远。你站在小路的这一端，看着他逐渐消失在小路转弯的地方，而且，他用背影默默地告诉你：不必追”来作为天下父母的安慰，也是我的安慰。其实，我看着你和姐姐渐行渐远，不就像当年外婆目送着我的背影一样的心情吗？

千萬不要得罪你的女人

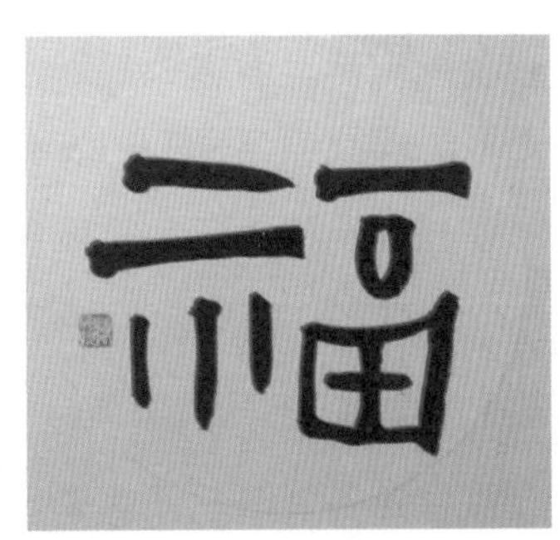

最好的愛是可以吵完架後仍然知道最愛的還是身邊這位渾身臭毛病的人。最好的愛是可以彼此心照不宣，對方也知道你心裏的小九九。最好的愛是可以在一起，不用說一句討好的話，不用不用，不用不用

文妖隨筆【2016.01.31】

一个女人，在外面可以扮演端庄、温柔与干练，但回家还是会撒娇、小气或者有那么一丝丝的任性，因为她想他用爱去呵护最真实的自己。一个男人，在外面可以有魄力、儒雅与精明，但回家在她面前却像个孩子，一个需要温暖和照顾，甚至是唠叨的孩子。原来，最好的爱，不是把自己伪装成多么伟大，而是包容和信任彼此的缺失。在一起，可以不用脑子……

看到这么温暖的一段文字，忍不住发给先生看，算是对我们近日因为一些误会而斗嘴的最佳诠释。先生秒速回应：真的好像你啊！我也不服输：和你也蛮像的呢！

曾经听人说过，不会吵架不懂吵架的夫妻是不幸福的夫妻。我也记不清多久没和老公吵过架了，每次他匆匆回来，又匆匆离去，离去时还不忘调皮地说句：小生失陪了，老婆，

再见！望着他离去的背影，有时我也很纳闷：他怎么既像我老公，又像我情人，更多时候我们还是好朋友和合作伙伴。望着他离去的背影，我想我们幸福吗？他还爱我吗？我也还爱着他吗？怎么我们不会吵架呢？他总是那么热情幽默，有说不完的话题，听到我说的话，他总是笑得前俯后仰（虽然我有时一点也不觉得好笑）。当然，他若发脾气，一般来说，我会做些技巧性的战略调整。开始时会隐忍，先暂且包容下他，任他像一阵狂风扫落叶，很快就又风平浪静。但是，待他风平浪静知道犯错，要讨好我的时候，就是我海浪般的呼啸声排山倒海地向他扑去之时…… 所以，他常常说一句话：世上唯小人与女人难养也。是的，千万不要得罪女人啊，更千万不要得罪你的女人！

不会吵架的夫妻我相信固然是相敬如宾，但是，偶尔小吵更会增进彼此的感情。不知道自己多久都没有说过那三个字了，平日里，我常常逼着他说，他打死也不说。我说，那你不爱我了！他说，好啊，那你先说吧。我当然也不肯说，多没面子啊！我是女的，他是男的。这些话不应该是男的说吗？才能显出我们女人的矜贵和含蓄，对吗？但是，前两天的拌嘴之后那份伤到对方的心疼，却都让我们不约而同地说出了语言的治愈之词……（此乃爱的箴言，纯属家传祕方，恕不外传，哈哈）

我想，女人是不是都和我一样矛盾，不吵架又惦记着不幸福，真的吵架又伤心难过！所以，还是不要吵架好，好日子慢慢过吧。幸福不是必然的，不是每个女人都有可以撒娇发脾气的对象，更不是每个女人都有一个知道“她之所以任性小气，是因为她要用爱去呵护最真实的自己”的男人。

最好的爱，是可以吵完架后，仍然知道最爱的还是对面这个满身都是臭毛病的人；最好的爱，是可以彼此心照不宣，对方也知道你心里的小九九；最好的爱，是可以在一起，不用说一句讨好的话，不用计较，不用脑子，舒舒服服。

且行且珍惜

林语堂先生说，人生不过如此，且行且珍惜，
自己永遠是自己的主角，不要總是別人
戲劇裏的配角。我想说，人不可能一輩子
當主角，有時也要當配角，這樣做人才會
快樂，才更懂珍惜。

正山小种
中国红茶
净含量：75克

勇敢地前行，且行且珍惜

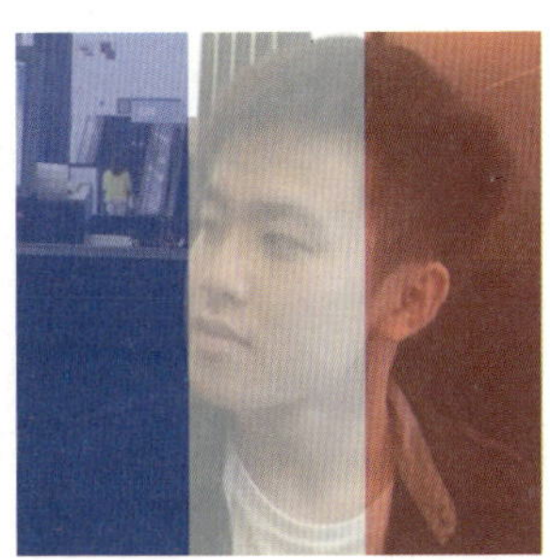

文妖随笔【2015.11.15】

补送给老公最好的生日礼物：我的微文，女儿的平安。

巴黎的恐袭事件震惊世界，实在令世人心慌紧张。昨日对我尤甚！因恰好是女儿和她男朋友出门旅游的日子，看到电视新闻的爆炸屏幕和激烈的枪声，害怕得突然间思绪混乱，竟然一下子想不起他们是去了哪里旅游！

儿子努力地安慰我：别怕，妈妈，姐姐不会有事的，天父必保守！他们可能没WiFi，或者手机漫游很贵没打开。没想到我平日教他的，他也潜移默化地安抚着我。姐姐应该不是去巴黎吧，若是她告知巴黎，我一定会记得很牢固，那是我曾经去过的城市。

正当我焦虑万分不知所措，一遍遍地看着手机是否有女儿回复的时候，老公临近11点在微信上很落寞地写道：老婆，今天是我的生日。我真是不知要说什么好，老公的生日我也忘了！幸好昨晚他没提起他的宝贝女儿，否则担心忧虑的就不止每一段人生就像每一段旅程，或鸟语花香，或泥泞灰濛，或看似绝路却柳暗花明，塞翁失马焉知非福。

是我一人了。我真担心他会比我更焦虑，不想他一个人过着这样孤寂又担心的夜晚。硬是忍着不告诉他女儿去了旅游，暂时联系不到他们的消息。更难说出口的是，做母亲的竟然却忘了孩子曾经告知去了哪里旅游！

幸好在临睡祷告后，忽然有个圣灵的声音提醒让我猛然想起三个字：墨西哥。他们是去了墨西哥旅游。虽说知道了是去墨西哥旅游，但半夜还是三次起床看手机有没有他们的回复。晨起，他们终于有回复了：妈妈，昨天一整天没有信号，现在餐厅，第一次有 WiFi，一切安好，放心，Mom。明天可能也会没有信号，不要担心。

有时觉得，人生真是充满太多无法预计的变数，许多事情都无法掌控，包括我们的生命。今日不知明日事，这一秒不知下一秒。每一段人生就像每一段旅程，或鸟语花香，或泥泞灰蒙，或看似绝路却柳暗花明，塞翁失马焉知非福。人人皆知，是福不是祸，是祸也躲不过。虽难预测，但也必须勇敢前行，旅途的风景，且行且思，且思且悟，且悟且珍惜，幸福也许就在属世的当下。可将来呢？我们会去哪里？永远的平安和乐园在哪里？ 我们只不过是人生旅程的过客，哪里才是我们的终点站？

香港的孩子们其实也挺有爱心的。昨晚一夜之间，他们把自己的 Facebook 头像都变成巴黎国旗的颜色以示哀悼：愿死难者安息在主的怀抱。

顺服

文妮随笔【2015.10.24】

記得初為人妻人母一段很長的時間裏，那時沒請女傭，家裏的事大大小小都要自己處理，買菜做飯洗衣熨衣吸塵擦地，好像天生就是為了做黃臉婆而來的。

常常在微信里看到一些主妇们“做事命苦，干活累死”的叹息字句。总是会忍不住出言安慰鼓励。

有事可做代表我们还健康和精神，除了能创造价值，还可以过得更丰富多姿。即便是做家庭主妇一样可以很精彩，但不包括怨妇在内。如果我们埋怨地去做，带着戾气，什么事也不会做得好。我们会觉得自己很委屈，很牺牲，为家人奉献了一切，到头来自己空空如也。只有失败感，没有成就感。其实，主妇主妇，才是一家之主，是家里的CEO，只是没人给发工资而已。

记得初为人妻人母一段很长的时间里，那时没请女佣，家里的事大大小小都要自己处理：买菜做饭、洗衣熨衣、吸尘擦地，好像天生就是为了做“黄脸婆”来的。一大早给孩子准备早餐，送他们上幼儿园，然后再给老公搭配西装送他出门上班，在接孩子放学前，沿路要去邮局寄信交费，再到图书馆借一大袋儿童故事书，午餐变着花样地做他们爱吃的意大利面条和罗宋汤，晚上对着菜谱和定时器做各种菜肴汤羹等老公回家用膳，睡前给孩子们讲故事…… 那段时间，回想起来虽然疲累，但觉得幸福感满满地涌上来，

因为每天都可以看到孩子老公鱼贯而回，可以很安心很专心地相夫教子，做好本职工作。不像现在，有点不务正业，看着他们吃我做的菜时那一副哭笑不得的样子就已经知道。幸亏还会做些饺子和鱼汤，那都是小的时候跟父母学回来的。

最记得那时永安的寒冬真是冷到骨子里，漫漫冬日放学回家，一想到爸爸做的那锅热腾腾的鱼汤，全身都暖乎乎的。过节的时候，一想到妈妈做的饺子，几乎是素菜没有猪肉，也会很雀跃期待。那时自己就像千金一样被父母宠着，吃完午饭想帮忙父母分担家务，洗下碗，爸爸总是说，赶紧去休息，我来洗。妈妈就说，安心睡觉，等下我叫你。那么艰难的日子里，也从来没听过父母养育我们的任何抱怨。

晚上我们睡了一觉醒来，爸爸还在给人做家具，妈妈也在缝纫机旁为我们缝缝补补，满屋子各种木头的刨花儿香和妈妈滴滴塔塔的机器声伴随着我们日渐成长。所以，当我成了别人的母亲后，好像天生也会当母亲似的。现在我们长大了，我们的孩子也长大了，但是在需要和适当的时候，我的母亲和我孩子的母亲还是会遥距地互相提点和教导。我常说，我母亲是老陈家的 CEO；我的女儿说，我的妈妈也是我们小魏家的 CEO。

如今，虽然相夫教子已不是我的全职工作，教导学生和写作、书法已成了我大部分的生活和工作内容，但一样颇有成就感。之前已经说了很多，同样也是因为心里顺服。

我们中国人常说“认命”，在西方基督教精神领域里指的就是“顺服”。凡事顺服，凡事祷告，凡事感恩。那么，无论我们处在哪个境况，都不会觉得命苦。但愿我们常常说的“命苦”只是一种自谦的嘲讽罢了，别人羡慕都来不及。

吃虧是福

艾妮隨筆 【2015.09.27】

人們常說吃虧是福但不是每個人都願意吃虧即便吃了未必也能見到福我想真正能嘗到福氣的是那些肯吃虧又沒想要得到甚麼回報的人福氣往往就像影子一樣追隨著他。

人们常说“吃亏是福”，但不是每个人都愿意吃亏，即便吃了亏，也未必能见到福。我想，真正能尝到福气的是那些肯吃亏又没想到要什么福报的人，而福气往往就会像影子一样跟随着他。

前些日子，我们二楼的“学习城”开了一家杂货店。店里除了卖茶叶、零食，还备了两台游戏机，小学生们放了学来“学习城”补习，就会顺道过去玩下游戏机，他们“乓乓乓”的游戏按钮敲打声震得我心脏都快要跳出来！那两日对我这个有声音敏感症的人简直是极度抓狂！我和店主谈，他们说要让孩子们放学后有点娱乐，“学习城”不能这么死气沉沉，我简直无语，“学习城”不是要提供一个让孩子们更好更优质的学习环境吗？ 他们又说，不要和他们说，要说就找管理处。结果是管理处推给业主，业主也不回应。在香港这叫作“扯猫尾”。这家“杂货店”就在我的隔壁，我是首当其冲，我想我的学生们也会受不了这样的闹声而日渐式微了。怎么办？我的脑海里浮现过很多画面：搬走还是装隔音板？装哪里？装他们那儿还是我这儿……

每在我最无助的时候，第一是向上帝祷告，第二是找老公商量解决方法。相信他的智慧、心胸和思维都比我宽阔。果然，当他知道他们也卖茶叶时，给我提了一个建议，他说，他们也卖茶，不如你定期供些茶叶给他们让他们卖，好让他们有钱赚，就不会去做游戏机的生意，大家做生意都不容易啊！我和他们谈着谈着，最后他们有点心动想做我们元泰的代理，都谈到有什么具体优惠条件等有关事项……

这事过了两天，我发觉又恢复了之前的宁静。后来我忍不住去向他们打听怎么突然没声儿呢，或是已停止使用游戏机，莫非真要开始专心筹备做我们的代理了？结果是，他们告诉我，他们打电话去向师傅查询，原来那个游戏机不需要那样震耳欲聋似的敲打，只要用手轻轻按着就好！

我想，应该是我们的诚意让他们感动，于是也觉得不好意思，便悄悄地向师傅打听。后来，我再问他们还有没有兴趣做元泰代理时，对方说，香港租金这么贵，茶客又少，很难做啊。言下之意还是游戏机赚得快点。

这也让我想起《亚伯拉罕和亚比米勒立约》的故事，话说亚比米勒的仆人霸占了亚伯拉罕的一口井，亚比米勒说他不知道这件事，还责怪他为何不早点说。原本按正常这口井应该就这样收了回来，但是亚伯拉罕还是把七只小母羊和牛给了亚比米勒，并以此作为重新拿回那口井的证据，还与他立约起誓。给那地方起名叫“别是巴”，并在“别是巴”种了一棵柳树。我们在亚伯拉罕的身上看到人性的光辉，和时时依托信仰的生命榜样。

谁说“吃亏是福”？我们一点亏都没有吃到，一点代价都没有花费，就得到了这样的平安。祝福大家，希望你们也能得到百般的福气！

谁影响了你的生命

艾妮随笔【2016.05.29】

我生日的当晚，儿子邀请我看一部讨论关于生死话题的电影。我说生辰说这些生生死死的有点不太吉利吧，儿子说不应该有这些禁忌啊。我本还想再推却，但电影片头的一段开场白已经深深吸引了我："评断一个人的生命意义非常困难。有些人以他留下的遗爱来衡量，有些人则以他的信仰来衡量，有些人说他的爱心才是最重要，有些人甚至说他的生命根本没有意义。至于我，我相信别人是透过你的生命来衡量你为他的生命带来何种意义。"

《The Bucket List》这部电影描述的是一位脾气暴躁的亿万富翁及一位勤奋博学的技工因癌病入住同一病房。当他们得知自己时日无多后，便共同写下一张"遗愿清单"——去世前要做的事，向世界出发、跳伞、越野赛车、看金字塔、真正的开怀大笑一次、亲吻最美的女孩、帮助陌生的人……技工用自己的生命和信仰影响了富翁"去帮助陌生的人"，改变了他和家人的关系，释放了他内心长期积郁的孤单苦毒和怨恨，亲吻了他的外孙女——"亲吻最美的女孩"，技工也通过逃避似的旅程反思并重拾了和妻子热恋时的初心。富翁的助手一路照顾相伴并见证着这两位濒临死亡的老人生命，不知不觉间他的生命也受到了影响，并写下了雲如說的每句話都是那麼真誠無偽又謙卑柔和，用聖經上的話來形容便是金蘋果掉在銀網子裏叮的一聲，美極了。有時候，一句話說得好一樣能造就人。

前面这段让人反思的开场白。这部向生命致敬的电影，向我们证明人不仅要好好活在当下才是最美好的，更重要的是只有你的生命为别人带来意义时才是最令人敬仰的。

30 岁前，我一直在问自己是从哪里来的，将来又要到哪里去，生命究竟有何意义，很多问题都在困扰着我，直至我找到了信仰。后来，在生活里遇到很多影响我生命成长的导师，当然偶尔也会见到“稗草”。我便告诉自己不要做一个让人绊倒的人。真正的自我是一个以自己的生命影响别人生命并能造就别人的人，这是哲人说的，也是导师们给我的优秀榜样，我当以此为终生目标。

看完电影，我问儿子，能告诉我影响你生命的导师是谁吗？我以无比期待的眼神看着他，他很认真地看着我说，好啊，她是我的女神——是……是……呵呵，但不是你，是 Wan（教会的叶会佐）。Wan？她好像也没做什么事情啊，但常常都听到儿子提到她，说妈您真该好好学人家 Wan，说话总是那么正面（言下之意就是抱怨我太过负面咯），说 Wan 怎样用自己成长的经历，哪怕是尴尬、不堪或失败来和他分享，正面地、积极地鼓舞他，激励他成长。Wan 给我的印象也真是很好，她说的每一句话都是那么真诚无伪又谦卑柔和，就像“金苹果掉在银网子”里，叮的一声，美极了。有时候，一句话说得好一样也能造就人。

我的完美主義觀

文妖隨筆【2016.05.22】

其實完美主義並不會離成功更近，效果反而適得其反，反而比較容易不開心。這是因為他們多了挑剔的品性，以及容不下沙子的世界觀，往往會化作致命的傲慢。

最近的床头书是乔安娜·韦弗的《愿照你的话成就》。书里说到应该清理的心灵的垃圾包括：嫉妒、完美主义、后悔、羞耻、自责、怪罪别人、过分的玩笑、闲话、恐惧、烈性子、胡思乱想、说谎、说脏话、埋怨、内疚、忘恩、比较、不耐烦、废话、消极、懒惰、忧虑、贪心、自怜、私欲。没想到，完美主义竟然也是一种心灵垃圾。

我便是一个彻头彻尾的完美主义追求者，所以，很容易自责，容易情绪沮丧。前段时间觉得自己整日整夜地写字，感觉要调节一下自己的生活，便买了《琅琊榜》的碟片，不看则罢，一看就欲罢不能，看的时候总是感觉刺激开心，可每次看完后就会很失落很内疚很自责，感觉被世俗所困，浪费了很多宝贵时间。原来是为了追求平衡放松一下自己的生活，没想到会是这样的反差效果，次次如是，周而复始。孩子们对我的行为和心理早已习以为常，他们对我的评价是，妈妈是个奇怪的人，对自己的要求似乎太过苛刻。我曾对自己先生说，我不能容忍自己浪费一分一秒，除了生病躺在床上，我真想一直这样和时间赛跑，先生瞪大眼睛像是不可思议地望着我。

起初，安娜刚到我们家时，极之不习惯我对她家务的严格要求，后来，她对我说，太太，我终于明白你对我的要求了，因为你就是这样要求自己的，除了睡觉和生病，我从来没见过你停下来休息。也许，对自己有完美要求的人也同样对身边的人、身边的朋友有这样高标准的要求。所以，常常有人说，我是个清高之人，不容易接受别人，实则不然，我只是不想浪费时间在无谓的交流上。如果没有质量的沟通，只说废话，流于面上的敷衍，宁可不为之；如果话不投机半句多，志不同道不合不相为谋，就更不可为之。所以，我的朋友少之又少。但是，凡我交上的好朋友就是一生一世的知己，从来没有半途而废彼此舍弃。

说回对自己有“完美主义”这个心灵垃圾的解决方法是，接受我们的有限性，即便心灵很愿意，肉体还是会软弱。从某种程度上说，完美主义其实也是一种私欲，不管是对自己，还是对别人。因为，某种程度上，完美主义的变相意思就是，我要自己怎样怎样，我也要别人如何如何。

其实完美主义者并不会离成功更近，效果反而适得其反，而且比较容易不开心。这是因为，他们无可挑剔的品德，以及容不得沙子的世界观，往往会化作致命的傲慢，为他们制造无数的敌人。对美德过高的执念，往往会使他们低估最基本的常识，把道德上的瑕疵视为不可饶恕的过错，并将别人的付出和牺牲视为职责之内的理所当然。

中国古代“过犹不及”的圣贤道理足以让我们参透为人处事的智慧准则。会反省固然是好事，不会反省的人永远不会进步，但过分了也不行。我又在反省自己了……说着说着，这是不是又回到了我的“完美主义”？ 看来真是无可救药了。

傻人有傻福

安妮随笔【2016.04.03】

我家老爺說咱家安妮總是這樣傻乎乎的到處迷路我常常想像着一副迷路茫茫的傻樣子直到你回到家我就安心了。真是傻人自有傻福啊

这两日，天气大好，阳光灿烂。遇上这样大太阳的时候，总要戴上墨镜抵挡强光保护眼睛，否则，眼睛眯成一条缝难看不说，还要夹出很多深深的鱼尾纹来。

可是我四处都找不到那副至爱的墨镜，我问安娜有没有看到，她找了半天也说没有，反而问我：“前两天去打球时，太阳很大，你不是戴着墨镜吗？”我说：“是吗？然后呢？”她回答：“然后你就直接去 Fitness 桑拿洗澡啦。”我想起来了，可能是我把墨镜落在那儿的抽屉里了，于是，我便说：“算了，没有了，肯定没有了。在那儿忘记拿回来的东西十有八九都会被人顺手牵羊带回家，我已经验证过了。”然后，心有不甘地再补充一句：“他们若像我那样就好了，我捡到别人的东西无论贵重轻贱都会交给工作人员，算了吧，不找了。”安娜说：“太太，若是这次也遇上像你这样的人，那就能找到，那副墨镜很贵呢！”我看她那么期盼的样子，只好说“试试吧”。心里也只是随便应付她，想以此作罢。

过了大半日，中午闲暇之际，学着 War Room（战争房间）的祷告墙也为自己的家做了一小面祷告墙。我是一个懒惰的人，虽说是基督徒，但总是不爱祷告，总想着我要祷告什么主都知道，何必多此一举呢？可是，当我把各种要祷告的事项都写在小纸卡上，贴在木墙上时，我的祷告竟然很奇妙地停不下来，就像某部电影的女主人说的那样，我享受到和主亲近的沟通和甜蜜，其中有一张就是纪念我丢失的墨镜。然后，我致电 Fitness 中心：“请问，前几日有没有人捡到一副黑色的墨镜呢？”“有啊，什么牌子的？”“Raybon.”“有啊。”感谢主！你真是听祷告的主！感谢你的慈爱和保守，你知道我很喜欢那副墨镜，所以，你让它物归原主了。身边的朋友们都知道，在那儿不见了东西几乎是找不回来了。“真是物似主人形啊，傻傻的墨镜终归是要回来的。”我家老魏说。

如果一件事情的可能性几乎为零时，但它却发生了，不知道朋友们会不会认为它是刚好发生，凑巧，恰巧，幸运而已呢？在我看来，所有的事情没有巧合，它都是上天的关爱，都是上天的安排。

再说一个例子吧。前几日从永安回港，幸好我早一天回来，否则，因为大厦 7 楼爆水管引致三个电梯浸水全部瘫痪，我将要提着那箱沉重的行李爬上 19 楼，安娜说想想她都怕，不好意思，因为搬行李的那个人是她。还有，刚好 1 楼到 18 楼全部停水，就是 19 楼以上才有水。我说，安娜，咱把家门打开，我们要 Open House，可能楼下的人会上来取水。安娜说，香港人是不会去人家家取水的。结果真没等到人。直到快凌晨才抢修好第一部电梯。

我的儿子似乎比我更开心雀跃，他说：“妈妈，在这一段灰沉的时间里，我已经好久都没有感受到这样甜蜜的奇迹了！”我家老魏说：“咱家安妮总是这样傻乎乎的，到处迷路，我常常想象着你一副迷路茫然的傻样子，直到你回到家，我就安心了。傻人自有傻福啊！”

我的傻福一点不傻，它来自于真实信实的主赐福。

誰能拯救我們的下一代

安妮随笔【2016.03.13】

上帝創造我们每一個人在祂眼裏都是無比可愛和尊榮每一個人一定有自己的長項不要去隨便羨慕別人也許你最羨慕的東西是他最不堪之處

香港最近发生五5天4名、半年20宗的学生跳楼事件，案例频繁涌现，令人感到痛心和不安之余，更引起社会强烈的关注，政府和教育局更是开紧急会议跟进。来港27年，这是首次在新闻里看到政府对学生自杀事件的紧张和忧虑。

当大家都在埋怨和批评这些孩子心理素质或抗逆情商不够高时，我认为也是我们大人们反思的时候了。我们除了让孩子们读书读书，补习补习，快点快点，比较再比较，骂了再骂之外，还有什么？人最绝望的是什么？莫说孩子，即便是大人，倘若感觉不到爱的存在，不被人接纳，便很容易产生抑郁的情绪。于是，专家们建议，要多关心孩子内心的需要和感受，待他们像朋友一样，多些尊重和体贴。要创造环境给不愿说话、分享的孩子，带他们到他们喜欢的餐厅吃一顿好的，像朋友一样，慢慢打开他们的心扉。对还有能力加油的孩子们说“加油”，对已经尽力没油可加的孩子不必再说“加油”，只要说“我很明白你的感受”或者“我能帮到你什么？”

以我个人教子的经历，也非常赞成以上的专家建议。所以，从中学开始，每个星期日一定会约孩子在外面的餐厅吃饭，地点随他挑。每次都是那么奇妙，原本他不想和你分享的心声和秘密会自然而然地流露出来。现在，更增添了星期六的“周末电影时光”，那也是很难得的亲子时间。我告诉自己要好好珍惜，等到哪天儿子有女朋友了，就没咱什么事儿了，对吗?

作为一个教育工作者，我也非常赞同莫言在全国两会上提案：取消小升初、初升高的考试，取消大学等级，学习德国等欧洲国家。一部分人上大学，一部分人上职业技术院校。莫言指出当下的应试制度导致大部分的学生厌学，催生补课、择班、

择校、比较…… 他说，教育是民族存亡的大事，世界上没有一个民族像我们这样拿教育开玩笑。我也想说，孩子是上帝赏赐给我们的产业，既然是赏赐，我们当将以感恩的心多些欣赏、肯定、赞美和鼓励；既然是产业，那就是上帝让我们托管，我们便要好好保护、爱惜和抚养，而不是当作私有财产，任意妄为。

我相信，不是每个人都要成为状元，都要做医生律师和精算师。上帝创造我们每一个人，在他眼里都是无比可爱和尊荣，每个人一定有自己的长项。也许有一天，你会发现，你不必每科都那么高分，却能因为某一科的擅长或某一兴趣的突出，成为别人眼中的佼佼者。忘了谁曾经说的一句话，我一直都记在心里：不要羡慕别人，也许你最羡慕的东西是他最不堪之处。

做自己该做的事情，过自己要过的日子，这就是生活。除了生死，世间别无大事。更何况，在基督教的信仰当中，人只是世上的过客，做完客人，将来还是要回到我们的老家——天国，得永生的盼望，不要忽略了自己最重要的灵魂需要。做人不必那么执着，不必比较，不必哀叹，仰俯之间，世事都将成为陈迹。

秋水文章

春有百花秋有月
夏有凉风冬有雪
若无闲事挂心头
便是人间好时节

歲在乙未之春

文娱随笔【2015.02.26】

周日。临近岁晚，书会的姐妹们又找到了一个见面吃饭的机会。一群“吃货”们又聚在一起，在铜锣湾世贸中心 13 楼新开不久的 18 巷吃泰国菜，彼此祝福贺岁。那里的泰菜相当不错，书会主席的“吃吧”调研做得相当靠谱。内地的朋友们有来香港可以去试试，平均每人 250 元港币就已经快吃撑了。中午可能还更便宜。

周一。Fitness First 的 Zumber 老师已离开，听说是去自立门户了。在祝福他的同时也很失落，这个马来西亚籍的小伙子跳舞跳得实在好棒，身上就像装了弹簧，要怎么扭都行，而且扭得又那么美，一点也没有娘味儿。很多跳得好的同学今天都没来，我终于有机会站在第一排跳个淋漓尽致。

周二。感恩我们显理福音堂总是有很优秀的导师，以前的陈 Sir 和现在的 Auntie Ruth 老师，他们总是能深入浅出，透过神的话语把自己丰富的人生阅历和见识带给我们人生之“道”的智慧启发。愿我们都能做既有见识智慧又有品格的高尚人。

當陽光透過樹影照在我沙沙如落葉的筆跡上時我彷彿看到了一個新天新地因為先前的天地已經過去明天又重新等待着我們……

周三。 在我“茶道”精神的熏陶下，我的学生们已经爱上了喝茶。现在开始要严格控制他们喝“三道茶”了：第一道，课前醒神茶；第二道，课间小憩茶；第三道，课后完成茶。否则，一堂中文课下来都乱套了，不知是品茗还是上课。我常和他们开玩笑，将来你们只记得跟老师喝过茶，学什么早都忘记了。他们总是哄堂大笑。

周四。今日看完借阅的书籍：安妮宝贝的《古书之美》，也是我第一次看她的书。难怪有那么多人喜欢她，此安妮宝贝不仅是真才女，而且还是性情中人啊！喜欢她。今日，朋友又借了她的两本书给我《眠空》和《莲花》：无常逐一升起和熄灭，但我对你赤子之心永存。

周五。 岁在乙未之春，给显理的姊妹们、励勤的学生们、元泰的茶友们，还有自己写了好多好多的书签。当阳光透过树影照在我沙沙如落叶的笔迹上时，我仿佛看到了一个新天新地。因为先前的天地已经过去，明天又在重新地等待着我们……

周六。 今日是西方的情人节。远在纽约的女儿微信我：妈妈，情人节快乐！不知老爸有没有表示心意？我回她：想得美呢。不过你爸爸昨晚就来电了，说今天会送我一大束最美且是永不凋谢的玫瑰。今早我果真收到了，不过是从微信上跳出来的。

戀戀紅塵終有時

文妖隨筆【2015.04.12】

周日。上午到三山陵园给公公扫墓默祷。下午去福清东郭村参加瞻仰外公（婆婆的父亲，享年 95 周岁）的遗体告别仪式，手机微信不断跳出香港好友千金的教堂婚照。刹那间，时空困顿，思绪迷茫，想起《传道书》里说的那句话：人生的悲欢离合、万事万物最终都将成为虚空的虚空，不禁感慨万千，唏嘘不已。

周一。福州家里的阿姨也回去扫墓了。难得在家有一日的空闲，又趁着这大好的阳光，拆被晒被洗被单，并换上夏季的薄被子，楼上楼下不停地跑上跑下，实在体会到香港蜗居的好处。不用来回折腾浪费时间。虽然双腿疲累，但是闻着被子里散发的太阳香气，内心实在满足喜悦。能在那么大的阳台晒被子是所有香港人的梦想和奢侈。

周二。适逢母亲 69 岁生日之年，她收到“海上书画缘”寄来的“书法艺术顾问”

人生的悲歡離合萬事萬物終將成為虛空的虛空

傳道書

聘书。真是双喜临门。母亲一生勤劳刻苦虚心向学，克己宽人身教言教并重，从来都是我们的榜样。她著名的座右铭有两句：是金子，去到哪儿都会闪光发亮；大丈夫能屈能伸，要拿得起也要放得下。她是陈家的老美女，也是陈家的女汉子。她的仨孩子和儿媳们都喜欢叫她“叶帅”。

周三。劳累了一周，加上天气冷热反复无常，返港后终于感冒头疼。服了必理痛，吃了维生素，喝了柠檬水，睡了很多觉，跳了健美操，洗了桑拿浴，好了！

周四。看到这张照片，回放那天在元泰红茶屋和闺蜜一家人相聚的欢乐时光。见到刘妈妈就像见到住在美国科罗拉多州的小洁，总有聊不完的家常。洁的侄女园园小嘴甜丝丝的很会说话：丽琴阿姨，你的心里一定住着一个少女，文思才能如此浪漫。我浪漫吗？我的宝贝儿子整天都嫌我生活得死板无趣呢。

周五。今日收到港大“中国书法文凭”的面试通知电邮。这个月 25 日下午要带上 5 张不同字体的书法作品去参加面试考核。希望能通过，便可以有机会有系统地跟着名师持续深造，不断追求书法的创作造诣。

周六。圣保禄中一女生 C 同学送了一张她最新的画作给我，上面有她的题字：To Miss Annie —— You are as nice as the feather. 幸亏学生大多只记得我的“Nice”，暂时忘记有时我也会像强硬的鸡毛般那样——怒发冲冠。

日日安稳，便是好日

文娟随笔【2015.04.19】

周日。今晚应好友邀约去香港大会堂观赏“爱乐·爱家”慈善音乐会。前半场是方津生医生和徐行悦医生的《茶花女》歌剧，后半场是贝多芬的钢琴协奏曲和施特劳斯的堂吉诃德管弦乐。开场前巧遇学生家长欧阳太太，她是来捧她师妹的场，虽然我戴着一副孔雀蓝的古董耳环来捧慈善的场，但是整晚唱的是啥，咱一点儿也听不懂。

周一。日出而作，日落而归。日日安稳，便是好日。早晨一杯浓滑咖啡，下午一壶热茶，夜晚一杯柠檬水，好日子就更加温润舒坦。今日下午喝我们自家的白茶——颜如玉，若有若无的荷叶香，淡淡的，真是应了这个春夏之交的自然气息。

周二。婚姻的盟誓说出来像朗朗上口的口号，但在生活中要真正落实“不管贫贱富贵、生老病死，都患难与共、不离不弃”的承诺，需要极大的忠诚和勇气。

要真正落實“不管貧賤富貴、生老病死都能患難與共、不離不棄”的婚約盟誓，需要極大的忠誠和勇氣。

周三。中午见了一位30年未见的大学同学，我高兴得竟然忘了他是异性，又搂又抱，那种感觉好像是见到失散了多年的兄弟一样忘情激动，然后他把我加入同学微信圈，失散的“羊群”渐渐地都回到这个“圈子”来。我第一次真切地感受到“微信”的强大！

周四。每年春天总是让我最感雀跃的季节。今日随教会姐妹一起来到山顶踏青，撷采烂漫春光。姐妹们在一起总有说不完的话题，我们就这样一路闲聊一路留影，2015年的春天把我们的倩影都镌刻在这美丽的山景里，相看两不厌。

周五。很早以前看了《狼图腾》这本书，相当不错。早上花了两小时到皇室堡电影院又看了这部影片，画面的震撼真实、故事的精彩演绎果真启发人心。很喜欢里面的一句经典对白：狼需要自己捕食的尊严，它们不想被喂养，它们想冒着死的危险去捕猎，它们是战士，如果你把它们的骄傲夺走，不让它们捕杀，让它们学会怕死，那它们还算什么战士！

周六。享受睡前的祷告时刻。越发觉得祈祷的力量神秘不可测度，那种貌似被动沉默的接受中，却有一种积极主动的力量在牵引着我，让我可以完全放松，享受远离尘嚣纷乱的宁静和平安，就像《诗篇》里说的，“他使我躺卧在青草边上，领我到可安歇的水边”。

换种方式拥抱你

戈妖随笔【2015.04.26】

周日。西方基督教思想和东方儒家精神有许多异曲同工之妙。经典上说的“顺服”其实就是我们中国人说的“顺其自然”“听天由命”。但我们经常忽略这个“其”和“天”的源头就是宇宙创造者“天父上帝”——我们的老天爷。

周一。Yoga 老师 Esther 常说：Listen to your body, no competition with others. 果然，当我们静听自己身体的时候，安静地连挂在墙上的钟摆声都能听得一清二楚。彼时，感觉大自然一切皆有序，内心无比安稳。

周二。今日老公发来一条微信——“20 大女明星化妆前后”的对比照。跌眼镜的同时顺便对他说，那我也来试试看。他说：千万别！我老婆是不化妆尚好，化了妆便吓死我！我也承认有些女人是天生不适合化妆的。

當我們靜聽自己身體的時候，安靜的連墻上的鐘擺聲都能清清楚楚地聽見，一切有序，那時內心有着無比的安穩。

周三。很喜欢看人运动后冒在皮肤上饱满的汗珠，随时都喷发着一种生命的馨香和活力，让人对运动产生不可抗拒的喜悦和向往。自己也总爱在运动完流了满身臭汗后，捣蛋地和人轻轻相拥，以传递身心释放的正能量。

周四。一位热爱红茶的大学同学说今日上淘宝网“恋恋红茶”网站买了我们家的坦洋工夫和正山小种等红茶。她说，见到我的照片就像是把我带回了家。30 年的老同学忽然一夜间都聚在一起了，这几日的晚上大家都围在圈里唧唧呱呱的，好不温馨热闹。

周五。今早完成了 5 幅书法作品，并匆匆研读刘守安编写的《中国书法艺术史》，以应付明天下午的港大面试。我一边温书，一边傻乐，每隔 10 年都要享受这种做学生的滋味，和临时抱佛脚的快感。

周六。近日临睡前都在看汪曾祺的小说。汪老头的文字很耐看，一点儿也不老气横秋。看他的小说就像看高手放风筝，忽高忽低，收放自如，最重要的是平凡的生活气息里不乏幽默雅趣，结尾处总是让人有蓦然回首的惊艳。

秋日，为自己添一份清秋

安妮随笔【2015.09.20】

周一。清晨早祷后，铺开宣纸开始习作。此次第二阶段的功课是仿褚遂良《阴符经》笔意学写唐常建《题破山寺后禅院》。在唐人尚法要求精准之正美中又能写出清远萧散的褚书虚意，实在是一件很困难的事，毕竟只有一个褚遂良。

周二。一个上午走了三个地方，才分别在上环的文联庄和佐敦的石斋、友生昌买到下一期将要学习的《魏晋唐小楷》《唐人写经》和《赵孟頫小楷》。港大书法班的老师说，要把小字写好，首先要把心收好。心手归一，方能知白守黑，不会乱了方寸。

周三。夏秋之际最是多人感冒之时，我也不例外。中医说，气血虚滞的人不宜喝咖啡和奶茶，要改喝茶。他说，咖啡、奶茶会影响我们肠胃对营养的吸收，而茶是帮助我们吸收的。我又搬出了我的茶具，早晨乖乖地改喝起茶来。对于每晨一杯咖啡的我，没了咖啡香气的滋养实在好受罪，幸好有自家的有机红茶。

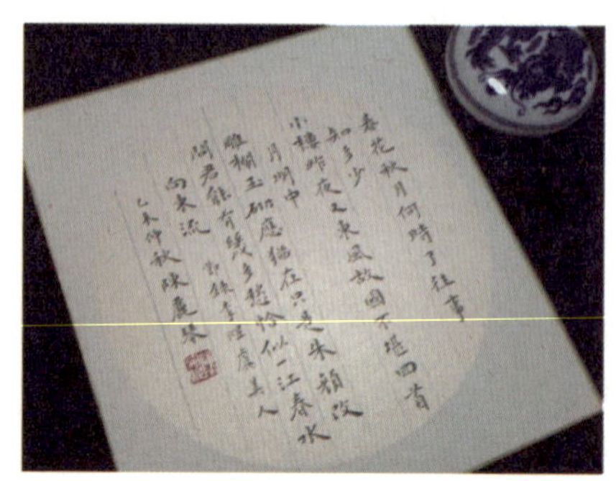

老師説，要把小字寫好，首先得把心收好。心手归一，方能知白守黑，不會忘了分寸。

周四。安娜又让人送上她的新书——《因为有爱》：“爱是无法阻止的，哪怕潜藏在心底。人间到处都有爱，因为有爱，人生才不会孤单。”她笔下的故事都是那个中国最苦年代不胜唏嘘的记忆。每读一篇，我都在揣摩哪个主角才是她真正的原型？好像到处都有她青春的靓影……

周五。这两天都是郁闷的事，也许这就是生活。就像白昼黑夜的交替，晴天雨天的更迭，天色又哪会常常蔚蓝？当我难过的时候，窗前的那片海就是我的力量和帮助，是我可以安全倚靠的胸膛。

周六。秋天到了，给自己买一支“秋趣”，为自己添一份清秋，如此便甚好。

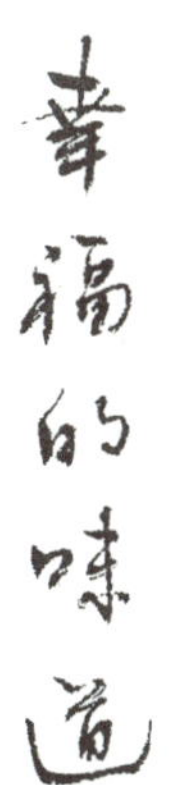

文妍随笔 【2016.02.07】

周日。今早教儿童礼拜，和他们一起唱诗、祷告，互动分享对《圣经》的理解，听他们讲他们这一周遇到的喜怒哀乐，然后一起吃我带去的小零食。不过，他们最爱的环节除了吃零食，就是听“Ngai Auntie”（魏姨姨）讲故事，讲的都是我曾经和现在的生活中一些不光彩的小故事，听得他们个个像小白兔一样，小耳朵都竖起来了。

周一。一晚上不停地下雨，已经早晨 8 点了，屋外依然黑沉沉地下着雨，这样的天气最适合睡懒觉，真想再赖在床上啊！一阵阵从面包机发出的面包香味儿飘荡在屋内。突然想起，学生允晴告诉我，在暖暖的被窝闻到厨房散发出面包香气，是件很幸福的事情。我也闻到了这样幸福的味道，想赖床也没有借口了。

周二。终于完成了港大第二阶段的论文：试分析传为王羲之所作书论《题卫夫人 < 笔阵图 > 后》，并评论其与魏晋书法艺术相关之美学境界。字数要求 1200 字，已超出 300 字了。是否会被扣分呢？不晓得。成绩其次，在查阅资料的过程中无形已收获甚丰。我想，这应该也是导师们的初衷吧。

孩子們最愛聽魏嫂嫂講的事，講的都是我曾經和現在生活中一些不光彩的小故事，聽得他們像小伙兒一樣，小耳朵都豎起來。

周三。用石斋买的紫毫笔意临魏晋笔意，仿写刘禹锡《陋室铭》一通。

周四。女儿传来一张六年前送她到美国读书的照片。看着我们走在密苏里校园附近的背影，不胜感叹唏嘘。人生有多少个六年？这六年中，光阴在穿梭，岁月在流逝，孩子们在成长，可我们的肩膀怎么还是感觉那么沉重？亲爱的，新年在即，也祝福咱俩可以互相扶持，相携到老。

周五。快过年了，最热闹的就是一家大团聚。婆婆、二叔一家、三叔一家都从不同的地方赶回来聚在一起过年。寂静的家一下子热闹了起来。我跑进跑出，一下子变得勤劳了好多。一年去一次菜市场的我正式出场啦！北角春秧街的上海店小弟看到我，放下正在吃饭的饭碗，从里屋跑出来直嚷嚷：你怎么也不多出来走动走动？说得我挺羞愧的，帮衬他买了好多东西。

周六。好感动。我的 Old Boy 在即将赴澳留学的前夕特意来我家看望我，给我一个好大的惊喜。还有，在港大读大二的翘买了一个我最爱吃的东海堂白巧克力蛋糕。当老师最大的成就就是能拥有像朋友一样的学生，他们从小二就跟着我，一晃也不知过了多少个年头。还未走，就已经约好 6 月放假回港时要来家玩，而且约好了在沙发上过夜。这就是我长不大的学生。

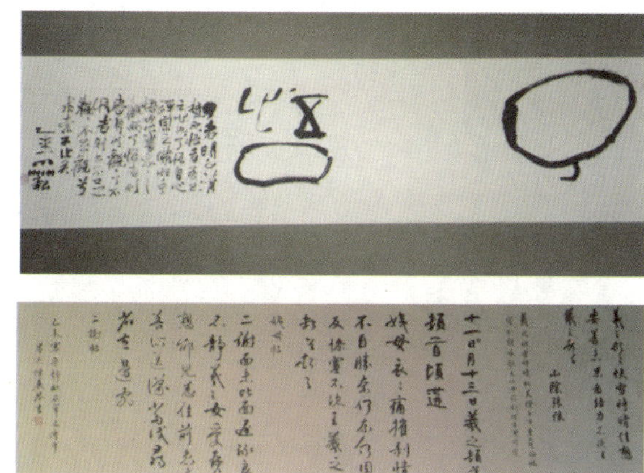

安妖随笔【2016.01.24】

周日。下午随港大叶民任老师参观“香港书法篆刻学会展（2016）”。看到前几届的师兄师姐作品，有篆隶楷行草，有各种创意篆刻，还有他们对书法的分享心得和老师的讲解导论。更甚者，他们自己用洗笔墨汁、茶汤和红酒来仿作复古纸，真是大开眼界。

周一。是日，适逢公司庆典之日，作画遥祝元泰茶业基地取得《有机转换认证证书》。感谢全国各地的茶友朋友们对我们的支持！并祝愿新的一年元泰更上一层楼。2016年，也祝福大家平安健康，一起再进步，一起多喝茶，有机红茶一块儿喝起来。

周二。晚饭过后，阅读台湾作家林文月的散文，回想起那日好友用董桥作诱饵邀约我参加光华新闻文化中心举办的“世纪文学对话·文学电影节·他们在岛屿写作”讲座。结果，那日董桥是陪讲，林文月是主讲。略感失望的时候，突然眼前一亮，看到我的偶像大美人林青霞也来捧场，算是不枉此行了。

若能在雪地裏，以柴薪燒火烹雪煮茶，不知是怎樣的清洌雅致，煮雪問茶味，當風看雁行。

周三。从美国回港后，最近日日都在视频里教女儿做菜。怕她一边听一边忘，趁热打铁，还是认真地给她做了一本 *Mom's Recipe*，随同煲汤料和一些杯面寄往纽约。但愿囡囡能感受到妈妈的用心，并能持之以恒，继续学习新菜式。等有一日把我的 Recipe 填满了，也是她出师的时候了。

周四。今早到金钟的港福堂上“生命之道”。据说这里都是香港名流明星基督徒出没的地方。名流明星倒是没看到，却听到中国神学院李思敬牧师的精彩讲道。他分享一代伟人大卫在晚年回顾自己不堪的一生，有感而发写下的诗篇：我和我的家并非如此，但神却与我立永远的约！多么铿锵有力的见证和来自神掷地有声的信实。

周五。今日练习右军之尺牍，更能体会传王羲之书论（《题卫夫人〈笔阵图〉后》）所言：书写者，如布阵作战，全盘统筹，须意在笔前……作草书者应缓前急后，凝重曲折，否则意思浅薄；且篆隶相杂，如直取其字，则未能发人意气。如是，方能略窥大王的“古质今研，斯也其文”之书写风貌。

周六。打开微信，到处都是白雪飘飘的美图。我的娘家也下雪了！听说明日香港也会下雪，不知是真是假。不过，前两日有朋友在脸书里分享石硖尾的雪景图。我也跟着一起雀跃起来，就像我亲眼见到过似的。若能在雪地里，以柴薪烧火，烹雪煮茶，不知是一种怎样清冽雅致的风情：煮雪问茶味，当风看雁行。

風來翰墨香

文娛隨筆【2016.03.06】

周日。上午到显理教堂礼拜，下午到湾仔伊利莎白体育馆听“同心圆演唱会”。明星邓萃雯的分享见证触动人心。她说每个人的内心都有一个深深的黑洞，这个洞是无法用物质和私欲来填满的，唯有信仰同在才能丰丰富富地充满，在真正的自由里得到释放。她便是从乱爱不安和困惑的幽谷中走来。

周二。儿子今日不用上学，为了奖励他的小甜嘴儿，请他吃最爱的西餐。他叫了一份鹅肝肉眼牛扒，我点了一份颇有春天感觉的鱼柳芒果沙沙。这家餐厅好久没来，显然是换了新厨师，烹调风格明显不同。我特意让侍应生带话给不曾谋面的厨师：做得非常好吃，要继续努力啊。侍应生回应：好多人都这样赞这位新厨师呢！感恩身边满满的正能量。

周三。在港大书法班学完了王羲之，接下来就要学董其昌了。听了张惠仪博士的课后对他有了初阶的了解。课前同学们都看不起董，评说此人不仅人品有问题，

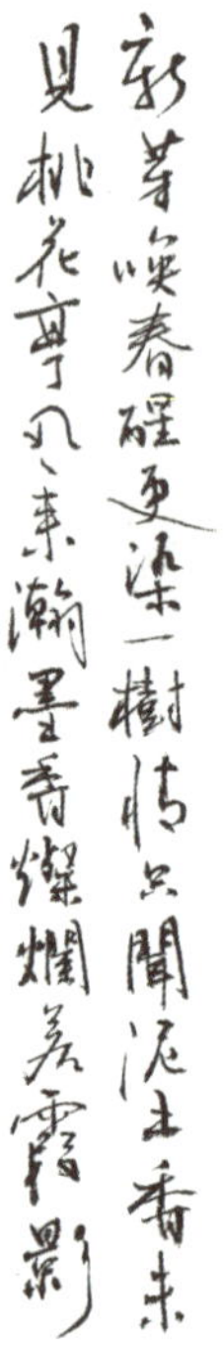

字也没有什么好，甚至连赵孟頫都不如。课后，想必大家和我一样当对这明朝士大夫该重新评估了，仅其“妙在能合，神在能离”的理论就够我研究半辈子了。

周四。午饭后到中央图书馆看“我们爱和平・两岸四地名家画展”，虽然名家高手云集，有望其项背之感，但也有一些本地鱼目混珠之嫌。其中有一位书法家过来搭讪，假作谦虚自我介绍后，还要恶意抨击别人的作品，实在让我感觉有违此次“爱和平”之主题。生活中我们做的和说的常常自相矛盾。

周五。久违的春光泻满屋内。若没有上帝的创造，永远都只有阴暗黑沉的冬天，这个世界将是多么的郁闷和孤寂。趁着清晨的好时光，吃着自己新做的软式葡萄面包，喝口滇红咖啡，开始临帖写字。午后，泡一壶古树红茶，和学生同饮，揭开上课的序幕，教学相长，学然后知不足，教然后知困，一切都是那么有序。

周六。下午港大Y老师给我们当众评分，他给我的作品陶渊明《归去来兮》辞赋的评语是：通篇章法有度，落款有致，笔墨有浓有淡，笔触有实有虚，尚算斯文淡定，有魏晋风度，有点英女皇坐马车的感觉了。但是线条还是硬朗太多，圆润不够。这样的评语总算没有枉费我这两个星期的努力。

欲把春雨作飞花

如果说冰是睡着的水，那茶就是醒来的叶。

女妖随笔【2016.03.20】

周日。很喜欢这样一段文字：“他不喜欢马的力大，也不喜爱人的腿快。耶和华喜爱敬畏他和盼望他慈爱的人。你们要颂赞耶和华，他必坚固你的门闩，赐福给你中间的儿女，他必使你主内平安，用上好的麦子使你满足。”原来，上好的福气来得很简单，只要喜爱和敬畏他就可以了。

周一。香港的冬末春初最是不舒服，阴雨绵绵且又潮湿黏糊，日子有时也会变得不爽不朗。每年在这个时候举办花展还真是合适。小雨也嫌春色晚，故穿庭院作飞花。人们流连在花海中，提早感受春的季节，顺带再买些花儿，仿佛把春意也一并带回了家里，至少在家时已是春天了。

周二。常常听老师说写字要“润”，要“淡”，今次总算是体会到了。原来用上好的墨条在砚台上磨墨，还未写字就已经感受它的润了。是日功课，以董其昌的“大唐中兴盛”笔意写王羲之的《兰亭序》，尝试用小凤笔写在洒金的婵娟薄宣上，似乎多少有点感觉到董追求的那份“虚灵”禅意。不能想象这样一位受到康熙皇帝垂青的书法家，他用的是什么样的纸墨和笔砚？

周三。 如果说冰是睡着的水，那么茶就是醒来的叶。苏醒的和沉睡的彼此邂逅便成就了一首“人生如茶”的岁月之歌。不同的人追求着不同的茶道方式，土豪们追求天价的刻意炫富，文人们意在附庸风雅，佛家重在参禅悟道，老百姓只要去腥除腻。众人虽殊途同归，但各有各的道。我不晓得什么道道，只晓得，天天都有茶喝，便是人生乐事。喝茶喝茶。

周四。 心理学家说颜色能治愈人的抑郁。人们喜欢春天，不仅是经过漫长冬日的灰沉迎来了春的明媚，更是因为春的缤纷和生机让我们有了更新和期待，特别是喜爱美服的女人。在这个时候为自己的衣柜换季好像是件理所当然的事情。看来，要学日本人“断舍离”的极简生活似乎不是一件容易的事情，毕竟靓丽衣物的诱惑实在太过强大，此时此刻，望着衣柜里的旧衣一筹莫展呢。

周五。 突然发觉，发型师 Sam 一跟就是近三十年了，他从我一头乌黑发亮的青丝看着我渐渐长出白发，见证着我从两个孩子的少妇渐入中老年，再为我那小不点儿的孩子剪发至他们都长大成年，早已经成为了一种习惯。生活中，习惯已是我们的一部分，工作如是，友情如是，爱情如是，婚姻亦如是。剪了半月有余的短发，也渐渐看习惯了。

周六。 拿着清晨的一杯咖啡，穿过楼下花园，到教室给学生上课。有时觉得，授课容易解惑难。这个惑是他们对自身的要求，对旁人的眼光，对前途的迷惑和对繁重学业的压力无助。突然觉得，如果一个人不那么懂得追求完美和特别上进，也是一件颇幸福的事情。可是，这样的答案不能与学生分享，只能循循舒缓和鼓励。有时候，家长一句贴心的话、老师一个微小的动作都会改变一个孩子的一生。

婚姻的秘诀

文妖随笔【2015.05.03】

周日。安息日。晨起读到这样一段文字，大意是：草必枯干，花必凋残，因为上帝的气吹在其上；百姓诚然是草。草必枯干，花必凋残。很有力度的一段文字，我喜欢。

周一。晚上陪先生参加香港希望工程基金会晚宴。原本不乐意的事因为忍耐可以变得美好起来，也许这就是婚姻的秘诀。最幸福的女人是不是老公屁颠屁颠地追着拍照，连换鞋也要拍？（偷乐下）

周二。走在艳阳高照的马路上，感觉天上的云在动，风也在动，就连我的心也跟着移动。好久没有见到这般清丽的美景了，抑或是自己躁动的内心好久都没有如此安静下来？

周三。我们的南京经销商汪总自己写了一副对联，邀我用书法写下并镌刻在他茶店外的门墙上。很有意思的一副对联：山环水绕一叶有天地，古往今来半杯无成喝着先生带回的明前新茶—永泰红茶。袅袅茶烟飘着蜜桃的清香。在家乡水蜜桃尚未上季的時候已提前感受到夏季的豐硕和蓬勃。

败。汪涛，金陵儒商，才子也。

周四。一个人安静的下午茶。喝着先生刚带回的明前新茶——永泰红茶。袅袅茶烟飘着阵阵蜜桃的清香。在家乡水蜜桃还未上季的时候，已提前感受到夏季的丰硕和蓬勃。

周五。今日推却所有活动应酬，在家专心跟帖——永安初中同学聚会的微信留言和照片。看到我们敬爱的黄亚金老师虽然风霜染白了她的头发，但岁月却眷顾了她的风采。关于她，我曾经记载在我的《人间茶味》第 111 页里。因为她，我从此立志当有爱心的老师。

周六。今晚和学生 Chammie 到她的港大校园听古典音乐。夜幕下走在张爱玲读书走过的大学楼，颇有感触。此生遗憾没有考上一所著名的好大学，也许这也是我一直不懈追求、终生学习的潜在动力吧。

簡單的生活 素美的享受

文妖隨筆【2015.05.17】

周日。今日母亲节伍素媚姑娘讲道：谁是你生命中的守护者。她讲到孩子的品格教育比学业更加重要，当教养我们的孩子一生走在正道上，不偏不倚。与之同感：我们若想自己的孩子将来成为什么品格的人，作为家长的我们就要有所取舍了。

周一。因为常常被学生打击，说我在内地学的英语口音不够纯正，令我一度非常自卑，信心几乎降至零点。但如果都不说，就代表着放弃和遗忘。所以，最近又开始重拾英语。今早跳 Zumber 舞时和意大利籍的老师 Chriater 说的第一句话是：Can you teach us some feminine slow beat dancing with elegant music？看她发自内心的微笑，我的自信心好像又回来了。

周二。昨夜雨疏风骤，今早满地残菊。偷得半日浮生，赋闲在家，打扫露台。听埙声一曲，喝一杯古树茶，写米芾素帖。好像还略差一二，若再有满院桂花飘香，昨夜雨疏風驟今早滿地殘菊偷得浮生半日閑賦在家打掃露台聽損聲一曲喝一杯古樹茶寫米芾字帖羨再有滿院桂花飄香略帶石榴纍纍這樣的夏季還圖個啥呢

略带累累红石榴，这样的夏季还图个啥呢？简洁的生活就是最素美的享受。

周三。中午和好友 W 在我们的饭堂“越中意”吃午饭。这是我们约会聊天的好地方。我永远都是叫鸡汤檬粉 + 粉卷 + 奶茶，她永远就是越南炸猪扒 + 生菜 + 热柠水。没想到两个这么传统的人在一起说起不雅笑话可以那样津津有味，差点笑弯了腰。嘘！

周四。晨起，打开电邮。收到港大书法文凭班的录取通知书和圣言书艺社第一届书法展的通知。原本美滋滋的心情，可是当下午收到税务局寄来的报税纳税表，心情顿时郁闷。一遇到数字就是遇上死敌。

周五。最近晚上也安静不下心来读书写字。吃完饭就忙着找圈子里的同学聊天，那个圈子也仿佛成了我们熟悉又温暖的家园。当夜幕降临，我们仿若坐着时光穿梭机又回到了那个物质匮乏但充满快乐的 20 世纪 80 年代。那个走到哪儿都能看到一条条巷子里露着褪色而敞开的木门，还有屋顶上冒着的炊烟，和书桌上一道道男女授受不亲的“楚汉界线”……

周六。女儿纽约来电分享，感恩自己在曼哈顿有了新的居室和工作，并求在电话里一起越洋同祷。

母親節的念想

文妖随笔 【 2015.05.10 】

周日。和儿子一起上教堂，一起吃午膳，一起聊天。感谢主，在神圣的日子里既有上苍赐予的粮食，又有地上美味的食物。今日是李锦洪先生的精彩讲道：谁是我们的老板（你们做主人的，要公公平平地待仆人，因为知道你们也有一位主在天上）。

周一。欣喜得到教会姐妹作家李安娜赠送的两本短篇小说集——《遥远的莫家店》和《老房子》。其实，我们每个人心里都有一幢装着辛酸苦辣的老房子，不管何时回头看，都是值得回味的一段前尘往事。我的老房子永远都是永安城墙巷 5 号那个干干净净铺着木地板的家。

周二。好多人都好奇问我，为什么我的书斋叫“田斋”。我的“田斋”寓意其一，自己一直都在文字的田埂里勤恳耕耘，其二，我嫁了一个曾经卖房如今卖茶的先生。有人调侃我，“田斋”听起来好像不太富庶的样子喔。哈哈，君子固穷嘛。

其實，我們每個人心裏都有一幢老房子。不管何時回去，都是值得回味的一段前塵往事。我的老房子永遠都是永安城墻巷五號那個乾乾淨淨鋪着木地板的家！

读书人的内心能守着自己的一片薄田就已经是一件很幸福的事情啦。

周三。今日昭容妈妈送来一束康乃馨，说“陈老师，祝教师节快乐！”今日是教师节吗？好像不是，但我又没好意思问。女人天生喜欢花朵，无论何时何地见到花儿就情不自禁地心花怒放起来。

周四。最近一直在听李健的情歌。喜欢他安安静静地唱歌，宠辱不惊地倾诉，不为讨好别人，只为愉悦自己，有一种闲看庭前花开花落的淡定。他为韩国电影《假如爱有天意》编写的词曲总是让我想起李清照的一首词：一种相思，两处闲愁。此情无计可消除，才下眉头，却上心头。

周五。身边的朋友和学生都爱喝带花香的红茶。立夏过后，我们喝“茉莉红茶”。淡淡的茉莉飘香吻合着初夏的气息，又能蓄养整日待在空调里暖暖的肠胃，真舒服。不像喝纯粹的茉莉花茶，香得呛人。

周六。昨晚收到儿子手工制作的心形小纸花，说是代替鲜花的母亲节礼物。不知远在曼哈顿的女儿在Facebook上会给我怎样的念想呢？还记得她准备去美国读书的那一年，姐弟俩在母亲节那日设计我玩“捉迷藏”、找“项链”的游戏。

五月，榴月

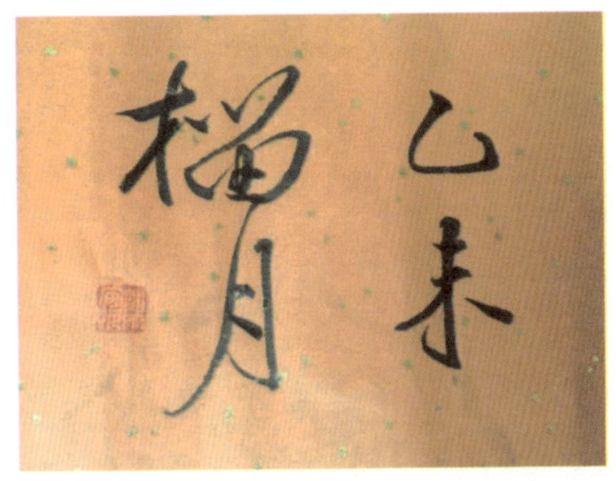

文妖随笔【2015.05.24】

周日。《圣经》最动人的地方是它不但写出伟人光辉的一面，而且还真实地记载着他们最真实软弱的地方。比如亚伯拉罕、摩西、大卫、所罗门和先知以利亚。上帝爱我们的优点，也爱我们的缺点。

周一。我最小一位学生（7 岁）的作文这样写道：每天爸爸早出晚归，妈妈忙于家务，姐姐忙着找大学，哥哥又忙着做功课打游戏机，我忙着找他们和我玩，可是没人有时间。他们都像快爆炸的气球……中国文字的丰富随处可见，“忙”，心死也。

周二。晚上和母亲电聊，讲到娘家以前一个女邻居命特别苦，但长得特别美。她便唏嘘感叹，红颜薄命，漂亮的女人通常命都不好。我说，那某某某呢？她又无语了。所以，女人最要紧的是先让自己优秀起来。至于什么遭遇，就只能听天由命，半点不由人。

五月榴月，愛情收穫的季節。四月最盛美的季節。不知媽媽家的陽台上石榴開花了嗎？

周三。五月，榴月，爱情收获的季节，四季最盛美的季节。不知妈妈家的阳台上石榴又开花了吗?

周四。晨起不适：感冒入肠胃，喉咙干涸，加上落枕未愈。先生说我可能是虚火积虑，让我多喝“老白茶”。我让安娜为我掰下一瓣“颜如玉”，烧水煮茶，喝了好多壶，感觉身轻疾谢。(嘻嘻，不知不觉又在“王婆卖瓜，自卖自夸”，为元泰做广告了)

周五。一撮白发见证了我的知命之年。谢谢千里迢迢特意赶回家陪我过生日的老公大人。谢谢儿子弹了三首钢琴曲助兴：《Memory of Mother》《海上钢琴师》和《假如爱有天意》。谢谢女儿远洋满满的思念和牵挂。也谢谢 FB 上和微信圈的各种祝福！感谢你们长期以来对我的关注和鼓励。

周六。每年夏季到维园中央图书馆看“甲子书法展览”都是滂沱大雨，但每年都是人头涌涌。今早在图书馆门外雨中排队还见到一位坐着轮椅来的女士。据说“甲子”是钟情书法人梦寐的书会，那里的会员书法质量普遍都很高，临走时，看到门口摆放着港大校长马斐森先生致送给叶树辉会长的花篮。

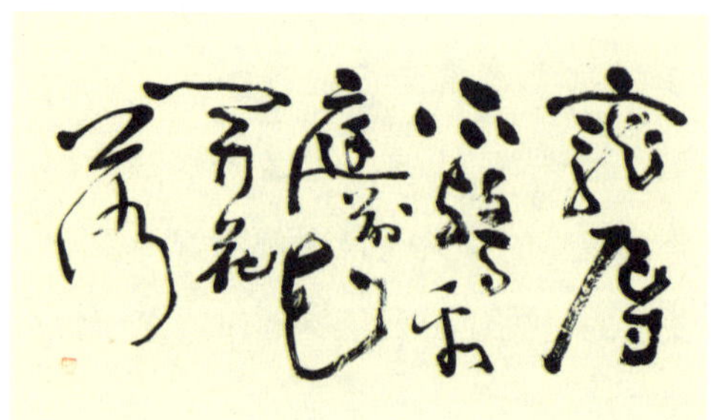

不要把自己弄丢了

文妮随笔【2015.06.14】

周日。在显理教堂听到这样一段话，大意是：保罗为我们做了真正领袖的榜样。一个有影响力的领袖，无关乎他的职位、职称和权柄，而是他以一个生命影响了另一个生命；好的领袖是与人分享自己的权利并提携后人，让人觉得有价值；好的领袖必须有一个核心的团队，不同个性不同恩赐但彼此互补；好的领袖最重要的是做到顺利的传承和美好的见证，像摩西传承约书亚，像保罗传承提摩太。

白開水略嫌淡而無味，咖啡可樂甜膩激情，茶水恬淡中有一來二往的交流和比較安靜的應酬。如君子之交恰如其分。

周一。今日国内高考，每年的作文题目都牵引着全国人的心。作为一个中文老师，我认为作文和古文考试势在必行，但我实在不赞同阅读卷的考试。你说阅读卷能考出什么名堂？学生若没有阅读基础，何来写作能力？更何况很多阅读题目出得不知所云，就连出题者本身看完也唏嘘感叹，我何来此情此意？

周二。今日喝茶感悟：如果我们的生活只有白开水，或者只有咖啡可乐，却没有茶水，是不是少了很多情趣和话题？ 白开水，略嫌淡而无味；咖啡可乐，太多甜腻激情。茶水呢，恬淡中有一来一往的交流和比较安静的应酬。如君子之交，恰如其分。

周三。 有时候，当我们感觉不太对头的时候，就是要停下来想一想我们要怎么整顿的时候。任由自己盲目地随波逐流吗？或是停下来不再往前走，或是听从自己内心的声音？ 但良善的我们因为太在乎别人的感受和自己的面子，常常把自己给遗忘了。我告诉自己不要再把自己弄丢了。

周四。今日震儿 19 岁生日，我们和他在城市花园酒店吃自助餐。下午，同学又帮他聚会祝贺。顺祝他英文考获全班第一， 堂上作文还被英文老师拿去投稿 *South China Morning Post* （《南华早报》）。难得奶奶回来和他庆祝生日，我说，你和奶奶吹下牛嘛。他嘘我，这有什么好说的。但我还是要记下他这光辉的一页，但愿他也能被我们鼓励鼓励着就变得越来越优秀。

周五。放学时，翘同学说她忘了带八达通，向我借 10 元。我说拿着吧，不用还了，当作奖励你这位童军队长常常自动请缨帮老师课后洗茶杯。她说了谢谢后准备离开，我又把她叫住，10 元够吗？她说应该够吧。我不放心又给了她 10 元，心想也不用还了。她却主动提醒我，那我下回还你 10 元吧。真是一点也不贪心的好学生！

周六。 今日早上为师给学生上课，下午就乖乖当学生听老师讲课。做学生那种完全释放的状态，真不是当老师那种要担当责任的沉重可以比拟的。还是当学生快乐啊！傍晚下了课就到中环大会堂 7 楼看第一届圣言书艺社的书法展览。那里有一幅自己的处女书展作品——哥林多前书《爱章》。

天堂的模样

文姬随笔【2016.07.24】

周日。昨天晚上，和港大老师同学吃完饭回家，缺席了家里的团契聚会。尚未开门，就在门外听到弟兄姐妹朗朗的笑声。每个人的脸上洋溢着发自内心的欢笑。那样的笑容绝不是可以伪装出来的。那一刻，叮的一声，如醍醐灌顶，我仿佛在人间看到将来天堂的模样，应该就是如此这般。

微信的年代可以隨時用來滿足和炫耀下我們的空虛和不足。問題是，不知有多少炫耀是出自內心的驕傲和經得起推敲的幸福。

周一。语言的力量有时要经过岁月的推敲和锤炼方能显出它的可贵，亲情、友情和爱情，甚至师生情皆如是。最怕听到学生议论隔壁的老师教得这样那样，从来不反省自己。小小年纪就学会论断嘀咕别人，心胸若此，将来能成何大事？当下教育的步伐在倒退。孔子崇尚的教育思想境界已无人可企及：老者安之，友者信之，少者怀之。我们差得太远太远了！

周二。今日回家途中，偶遇一送外卖的担子太沉重，掉了一碗汤在地。我见那位老伯腾不出手，顺便帮他拾起。他像是对我又仿佛自言自语地交代着：等下我就扔了。回到家，见桌上正摆放着先前那碗我拾起、老伯说要扔掉的湿漉漉的汤和盒饭（上面还有那家泰国餐厅的店名）。原来是儿子叫了彼家的外卖，我有点哭笑不得。

周三。 真诧异可以“不用运动，不吃补药，最爱吃肥肉”还能长寿到 110 岁的民国名媛严幼韵，著名外交家顾维钧的太太。她的一生可谓波澜壮阔，即便在逆境也能活出美丽人生，一位活出信仰和生命的真正女神。现在大家都说日子越来越难过，再难过也比不上在战争的炮火中依然要努力生活。看来，是时候看些励志的书了。

周四。 微信已经成了我们生活的一部分。有了微信，我们似乎扩大了朋友圈，却缩短了彼此间的距离；有了微信，仿佛多了一份虚华，却少了一种真诚；有了微信，似乎灿烂了我们的生活，但同时也带来了许多郁闷。微信的年代，可以随时拿来满足和炫耀一下我们的空虚和不足，问题是，不知有多少“炫耀”是出自真心的骄傲和经得起推敲的幸福。但我们却乐此不疲……

周五。 港大书法课程不知不觉已经学了一年，今日已转入王羲之的《十七帖》，但也仅是两堂课的功夫，轻微略过，“颠张狂素”竟然擦肩而过，甚是可惜。这一部分看来是要自学了，相信有魏晋唐和米南宫的一些家底，应该不会太难。接下来，就要学王铎了。王铎是继米芾之外另一个重点学习课程。老师私下送了一卷旧宣纸，期待我能写好王铎。肾上腺素一下子不知又飙升多少倍。

周六。 周末的夜晚，晚餐后喝杯自己调制的白茶。一个人走在依稀的夜光下，沿着和富道一路散步到英皇道，在橱窗里与一条枣红色的无袖长素裙一见钟情，于是一口气就买下了三条（深蓝、墨绿和枣红）。女人最开心的事是意外中能买到价廉物美的衣物。回家马上穿给安娜炫耀下，显摆完后乖乖准备好高筋面粉和牛奶，准备今晚做法式软包，老公大人明天回来，他爱吃。

今夜无眠

艷陽揣着暖風拂面而來，我一邊讀着懷素的自叙帖，一邊在地板上徒手撫臨。人家笑着我黑不溜秋的手像個傻瓜，我卻忘情自我其樂無窮。我想我是無可救藥地愛上了書法。

文妖随笔【2016.07.31】

周日。神圣的话语总有不同的功效。当我们艰难困顿时，他给我们力量；当我们伤心难过时，他安慰我们；当我们疾病缠身时，他赐平安和医治；当我们忧愁沮丧时，他命令我们要喜乐。喜乐是圣灵的果子，是得胜的记号。“无论你遭遇到什么，你们要靠主喜乐；我再说，你们要喜乐。”

周一。今天去洗牙。李医生说：“你已经有四年没来洗牙了。幸好，平日牙齿还算刷得干净，也没有蛀牙……”心头大石总算放下。但是洗牙的感觉也不好受，单是听那吱吱叫的洗牙机器声，就感觉很瘆人。但洗完倍感清爽和安心。看来，越是害怕的事情越要去面对，面对多了，就不怕了。

周二。每次去书展，都买不到自己想要的书籍。我常说，爱看书的人不会喜欢去书展，真正喜欢看书的人爱到图书馆或小书店“打书钉”。我已经好几年都没去书展了，被人问得多了，感觉没去书展是种罪过，自觉也是一种退步。放下半天功夫，特意去书展转了一圈，结果还是“蒙查查”像一团雾一样地空手回来。发誓再也不去书展了。

周三。全球热爆的“宠物小精灵”手机游戏“Pokemon Go”正式登陆香港，掀起了港迷们四出捕捉小精灵的热潮。昨日，我问儿子这是一种什么心理现象？香港人会不会太无聊了一点？他也有同感。今日，他对我说，肥妈，我捉到了一只超萌的依贝，等下，我还要去维多利亚公园捉，听说那里最多。这次轮到我呆在那里发懵了。

周四。今早闲着无事，陪儿子到美国领事馆办签证。坐在对面山顶缆车站脚下Pacific Coffee外的遮阳篷下，艳阳携着暖风拂面而来，我一面读着怀素的《自叙帖》，一面在木地板上徒手抚临。人家看着我黑不溜秋的手像个傻瓜，我却忘情自我其乐无穷。我想我是真的爱上书法了，且是爱得无可救药。我的眼里只有书法，书法于我，无处不在。

周五。教会姐妹新开的“平安理疗”刚刚开业。感恩她为我细心检查脊骨、坐骨和颈椎。检查了也就安心了，啥事没有，就是机器用久了，自然劳损需要些简单的修复工程。有时候，疾病是我们自己想象出来的敌人，越感觉自己有病它就越是。所以，平日的运动和筋骨肌肉的松弛都非常重要。这些用在自己身体上的时间和金钱的保养是不能忽略的呢。

周六。上次和老师聚餐说起饺子，于是有了今晚的“饺子宴”。第一次和港大同学在家聚会。今晚菜肴是韭菜饺子、手撕芝麻鸡、青瓜蒜蓉海蜇头、大蒜爆炒虾球、印尼蔬菜饼、咖喱牛腩煲，雪媚师姐带来的西班牙火腿片夹着慕贞师姐的蜜瓜作餐后甜品实在是天作之合。宝绫师姐带来的十年红酒佳酿Latour Grand Cru、英良大师兄的德国白葡萄酒都令人大开眼界。晚上从来不喝茶的我，今晚“舍眠陪君子”，陪同学们喝了金花白茶、古树红茶、金元泰、大红袍和福州茉莉花茶。原本以为今夜定是无眠了，没想到却醉茶了！

生活就要開玩笑

耶和華對摩西說,我要將糧食降給你們,百姓可以出去,每天收每天的份,我好試驗他們遵不遵守我的法度。要做到每天收每天的份那麼知足無憂真不是一件容易的事。這就是信心的功課。

老奴随笔【2016.09.25】

周日。我相信所有的恐惧来自于忧虑。“忧虑”和“深思熟虑”的不同之处在于“忧虑”是它能把你弄得很忙,而你却什么也没有做成。恐惧和忧虑的危害是它能让你远离神的话语,让你无法接触神的能力,内心毫无平安和喜乐。对于基督徒来说,这是一件很可怕的事情。戒之,慎之。

周一。儿子去美国念书不在身边,心里突然感觉空缺了一角。幸亏身边有一群学生,我把他们既当作学生又当作孩子,心里自然弥补了一种缺失的幸福感和满足感。也许,天生就适合干这行。一个人若能从事自己喜爱的事业又能生计,真不失为一件快乐的事情。

周二。教会周二的妇女查经班又开始复课了。欧阳路德老师今日带我们查阅“出埃及记”之16章:耶和华对摩西说,我要将粮食降给你们,百姓可以出去,每天收每天的份,我好试验他们遵不遵守我的法度。要做到“每天收每天的份”,那么知足无忧真不是一件容易的事,这就是信心的功课!

周三。 感恩 Chammie 整整陪伴了我十天，直到安娜放假回港。不用让我回来一个人空落落的，特别是当天从美国回来的夜晚，走进屋里，黑灯瞎火。一看到宝贝儿子的房间空荡荡的，心里更是失落和难受。感谢我这位亦师亦友的得意门生不嫌弃我，和有洁癖挑剔的我住了这么一段时间。

周四。 安娜回来了，我这个被娇惯没有安全感的女人心里一下子踏实了下来。这个礼拜一幅作品也没写成功，字都是飘着写的，制造了一大堆的垃圾废纸。心里有事、心里不踏实、心里不够沉静都是无法写字的。说也奇怪，安娜一到家，我的作品也写出来了，这个星期总算有功课可以交了。

周五。 这个星期，家里一下子维修了好多东西：佣人洗手间的水箱漏水、客厅的窗户把手松脱、饭厅的吊灯灯泡好几个都发出“滋滋”的响声、书房的电脑死机打不开、主人房的热水器忽冷忽热。生活就是这样，当你越想俭省的时候，它就会跟你开玩笑。

周六。 今天上书法课，交了那篇作品。老师评价：“看来偶尔的倒下时差若能回过神来还是挺不错的，让我看到了意外的惊喜。直幅作品不宜写四行，在二行到三行之间最为清朗。如果把最后的第四行去掉，整幅作品就会有截然不同的效果。”我回来试了一下，果真如此。这就是教与学的魅力！

掬来一片白月光

這幾日的月亮都很圓，正是掬來片白月光共飲一杯月光白的良辰美景，用百年古樹配合普洱的工藝而成的白茶口感別具一格，沉靜淡然中有一份執着的清冽。

文奴随笔【2015.10.04】

周日。终于轮到我做儿童礼拜导师，和孩子们分享《圣经》里的故事。狡猾的雅各骗取了哥哥以扫的名分和父亲的祝福之后，因为害怕哥哥的追杀逃亡到舅舅拉班家做了14年的苦工才能娶到他心仪的表妹拉结。原本按做满7年苦工的协议就能娶到美丽的拉结，没想到在新婚之夜被更狡猾的岳父调包了，把拉结的姐姐利亚硬塞给了他。无奈又再做7年的苦工！真是一山还有一山高。后来和拉结生下约瑟，就是后来被嫉妒他的兄弟卖到埃及并做了宰相的约瑟。约瑟拯救了当时的以色列民族。所有的一切都是上帝手中的计划，人类有限的智慧无法测度上帝的旨意。

周一。趁着中秋假期翌日，在新居举办了一个小小的“师生联欢会”。家长诧异为何我那么好，要劳心劳力开放自己的家庭，让他们在繁忙的学业中有这么快乐的一天。我也不知道为什么，只知道，我以前的老师就是这样对我们的，而且更纯粹，更无私，更窝心。好老师可以让我们想念一辈子，效仿一辈子！

周二。这几日夜晚的月亮都很圆。正是“掬来一片白月光，共饮一杯月光白”的良辰美景。用百年云南古树配合做普洱的工艺做成的白茶口感别具一格，沉静的淡然中有一份执着的清冽。这不也是我们很多人追求的另一种“茶道”精神吗?

周三。 年年佳节，难得和好友出去喝三杯。三五知己千里迢迢来到西营盘的某家私房菜。吃了好些特色私房菜，赞叹老板虽然是半路出家的厨师，但总算学一行像一行，听说是拜《食经》的作者为弟子，学得很到家。特别是头盘的冰镇鲍鱼色拉、蓬松不腻的清炖狮子头和入口即溶的莲子火腿令人久久咂舌回味。

周四。 又是国庆红色假期日。难得有半天闲暇可以不用教书，安安静静地一人待在教室改文备课，处理杂务。孩子们的文章总是在最精彩处，他们的文笔就会变得如此吝啬，成了“三字经”；而不需要费舌的时候，口水又特别多，收都收不住。而且老爱凭空捏造一些假的东西，假的东西又怎么能感动别人?

周五。 城市花园的花王阿陈是我的老友记，我原本托他为我物色两盆金黄色的白玉兰。可是他到我家“考察”后，说，你们家种白玉兰不合适。落地玻璃把香气都挡在外面，既闻不到，也采不到。罢了，还是乖乖地种你的杜鹃吧。到了明年此刻，我家的杜鹃应该爬满了屋檐，遮住了碧绿的青苔，该是另一番美景吧。

周六。 期待着上港大陈华熠老师的小楷课。他年纪颇大，三小时的课一口气上下来，既没坐也没拿稿，分享了很多书写技巧之外的大道理。让我知道自己在小楷书道的取舍：要写王雅宜的晋唐小楷，可以收敛太过锋芒耿直的个性，让自己变得更圆融一些，活得再简约一点儿。之前一直在写的管阁体只会让自己更加显露棱角增添锐气。变得圆融不是为了想讨好人，正如书法之道根本就不是为了取悦人，而是能以字养心，让自己的修养作为可以扬长避短，变得更加至臻完美。

還有一隻蝴蝶飛過

文妖随笔【2015.11.22】

周日。教会活动未完便提议儿子提早离场，因前晚“巴黎事件”心系女儿外游睡眠不佳，白天时老是忍不住打瞌睡，需赶紧回家补觉。儿子诧异：妈妈竟然也学会迟到早退？殊不知，我们的身体是神赐予的神圣殿堂，照顾好身体，所有的事情才会有下文啊！

周一。第六十七届全港校际朗诵节正式开锣。学生朱宝玲打响头炮，朗诵金波的《听雪》获得亚军佳绩。评判张文娟博士的评语：语调起伏抑扬顿挫，仪态大方，字音准确，节奏有变化，结尾佳。最喜欢诗歌里的那一句：我听见雪花的翅膀在扇动。很有感觉，很满意宝玲的情感处理。

周二。妇女查经班的欧阳老师外游请假，我们不用上课可以趁机偷懒的心情有点像小学生，爽爽的。在家写写字，种种花，泡泡茶，听海观风，一个上午就这样球鞋和地板發出的那動感摩擦聲最具蓬勃的生命力，行書在宣紙上沙沙如落葉般的細微聲寂靜得让人幸福妥帖。如果聲音可以撫摸，我想這種質感應當最是細膩風雅，無物可及。

若无其事、优哉游哉地度过了。如此，也甚好啊。干嘛非要每天都忙忙碌碌的呢。

周三。上午太极师傅教我们圆拳，事先征得老师同意后把一整套的圆拳录制了下来。圆融幽雅的动作加上“换到千般恨”的音乐简直是绝配，师姐说此拳可以打到 100 岁，发觉自己怎么越来越像女汉子了。

周四。“生命之道”课程也告一段落，要到圣诞节过后才开班。又可以趁机偷懒了，刚好用来写书法功课：颜鲁公的《祭侄文稿》和《争坐位帖》。原来小小的行书也是可以用中锋吊笔写的，加上自己琢磨的“回腕法”，真能写出传说中欹侧灵动的韵味。感觉怎么有点像武侠小说得到什么秘诀似的。

周五。最爱听人打球时球鞋和地板发出的那种动感摩擦声，最具蓬勃生命力，和我自己行书在宣纸上沙沙如落叶般的细微声，寂静得让人幸福妥帖。如果声音可以抚摸，我想，也许这种质感应当最是细腻风雅，无物可及。

周六。早晨打了一场羽毛球，出了一身的臭汗，顿时觉得神清气爽，中气十足，终于从准感冒的状态中苏醒了过来。窗外的杜鹃显得更加明艳，绿叶荫荫，还有一只蝴蝶飞过。其实她每天都很独特，问题是我们从来无心好好邂逅。

去年春节和先生去看张老，顺便请他为我的第三本书写序。原本以为张老能度过今年的生日，也可以看到我这本书的出版，可惜如今天人永隔！回想和张老十二年来的忘年之交，既是茶友、书友更是同信仰的弟兄姊妹，这种情谊不仅在人间，将来在天上永恒的国度里相信会继续下去。这也是纪念我们和张老的“真爱时光”……

《真爱时光》是延续《恋恋红茶》和《人间茶味》之后的第三部曲。这个书名是取自我和外子对元泰红茶世界的初衷愿景：走进红茶世界，享受真爱时光。

红茶是世界上六大茶类中包容性最强的茶类，而真爱又是我们的信仰核心，当红茶遇上了真爱，生活中一日日的风景便这样一页页地被翻过，这些风景里时晴时阴、时扬时抑、时对时错，但因为有爱，我们可以被原谅被宽恕，因为有爱，我们可以有勇气有力量，因为有爱，我们可以有盼望和等待。因为茶，我们感恩认识了一班志同道合的茶友们、书友们，一起享受琴棋书画诗酒茶的美好时光……

冥冥之中也许上帝早有安排，早在三十年前就为我这本书写下了伏笔。记得 1987 年的暑假，那是一次比较正式地和我未来的先生聊天，他愣愣地问我：“你觉得人生中最重要的是什么？”我也傻傻地回应：“真善美啊！”我现在突然俏皮地想，如果当时我告诉他："其实吃喝玩乐也是挺重要的，钱更是重要啊！"不知他会作何想法？又或者他听了我说"真善美"那样一本正经的回答后觉得很无趣，那我们也许就走不到一起。但也正是因为彼此太相似、太执着，三十年来这条追求真善美之路实属知易难行，但我们依然靠着内心的信仰一直走到今天……

也许，那时我和先生都是刚毕业的大学生，身上都带着一种傻傻的学生气，很真实、很纯朴。值得感恩的是，即便我们都已到了知天命的年纪，为了事业、为了孩子供书教学，依然还要努力地为琐碎的柴米油盐酱醋茶而忙得团团转，但我们的内心仍然保存有那一份对自己和对别人的真，有了真，才会有之后的善和美。我认为生活中最好的真是不逃避生活，既来之则安之。有问题解决问题，没问题皆大欢喜，解决不了唯有顺服忍耐，因为忍耐生老练，老练生盼望。相信一切都是上天最好的安排。

在此，也特别感谢福建人民出版社编辑余祥草、陈珊珊，设计师黄剑平、陈秀娟和我们元泰的罗丽榕、陈典等，有了你们的参与，让我的拙作锦上添花。

谨以此书献给我们30年还是原配的"珍珠婚"。

陈安妮

于丁酉年八月十五日